가슴 시린 마흔, 아프면 나만 손해다

40, 남편이 없으면 미친 듯이 돈을 끌어왔으면 좋겠다

임 보 라 지음

대경북스

40, 남편이 얄미워 운동을 시작했습니다

1판 1쇄 인쇄 2021년 9월 1일
1판 1쇄 발행 2021년 9월 6일

지은이 임보라

발행인 김영대
표지디자인 김영대
편집디자인 임나영
펴낸 곳 대경북스
등록번호 제 1-1003호
주소 서울시 강동구 천중로42길 45(길동 379-15) 2F
전화 (02)485-1988, 485-2586~87
팩스 (02)485-1488
홈페이지 http://www.dkbooks.co.kr
e-mail dkbooks@chol.com

ISBN 978-89-5676-868-7

프롤로그

암 수술 후 나는 결심했다.
나를 돌보기로.

마흔이 되기 전까지 건강검진을 한 번도 받지 않았다. 남편이 몇 차례 건강검진을 받으라고 이야기했지만, 속으로 '남들 다 아파도 나는 멀쩡할 것이다.'라고 자만했나보다. 병은 나와는 상관없는 단어인 줄만 알았다. 참 시건방진 생각이었다.

마흔이 되던 해에 남편이 다시 한 번 건강검진을 받으라 하고, 국민건강보험공단에서도 생애전환기 건강검진을 받으라는 우편물을 보냈다. 그냥 한 쪽으로 치워두었다가 어느 날, 이번에는 '한번 받아볼까'라는 나도 모르는 끌림에 예약 후 병원에 갔다.

키, 몸무게, 혈액 검사 등 여러 검사를 하고 갑상선 검사 대기실 앞에 앉아 순서를 기다리며 스마트폰을 보고 있었다. 그날 따라 기사에 가수 임재범 씨의 부인이 갑상선암 수술 후 재발로 세상을 떠났다는 기사를 보게 되었다.

나는 임재범 씨의 팬이었다.

'젊은 나이에 부인과 사별하게 되다니 게다가 딸이 하나 있는데, 그 아이는 또 엄마 잃은 아이가 되는구나.'

자식을 키우는 입장에서 참 착잡한 뉴스였다.

"임보라 씨, 들어오세요."

그때 간호사가 내 이름을 호명하여 검사실로 들어갔다. 목에 차가운 젤을 바르고 초음파기구로 내 목을 이리저리 문질러 보던 의사가 갸우뚱 하며,

"흠, 잠시만요."

하면서 초음파기구를 요리조리 돌리다 꾹꾹 눌러본다.

"모양이 좋지 않은데 전문병원에 가서 좀 더 자세한 검사를 받아보세요."

소견서를 가지고 전문병원에 접수를 하고 검사를 받으러 간 날, 기다란 바늘이 목에 꽂혔다. 세침검사는 두려웠지만 금세 끝났다. 하지만 일주일이나 기다려서 결과를 받기까지 일이 손에 잡히지 않았다. 그사이 검색도 많이 해보았다. 의사도 간호사도 긍정적인 결과가 나오는 사람들이 많으니 너무 걱정하지 말라고 했다.

그리고 일주일이 지나 전화가 왔다.

간호사는 우물쭈물 뭔가 조심스러워 하는 것 같은 느낌이었다.

"임보라 님…, 검사 결과 나왔어요."

"네."

"음, 결과가… 갑상선암으로 나왔어요. 예약하시고 선생님 뵈러 다시 오셔서 상담하셔야 해요."

긍정적일 거라고 생각하고 기다리고 있었는데. 하지만 슬퍼할 겨를도 없이 옆에서 아이가 "엄마, 배고파!"라고 하는 바람에 혼이 나간 상태로 식사 준비를 했다(그래, 아픔을 음미(?)할 여유도 없는 게 엄마지).

덜덜 떨리는 손으로 식사 준비를 하는데, 이번엔 건강검진을 한 병원에서 다급한 목소리로 전화가 왔다.

"임보라 씨, 피검사 결과가 너무 안 좋아요. 중성지방 수치가 말도 못할 정도로 높아요. 빨리 병원으로 오셔서 의사 선생님 뵙고 처방 받아 가세요."

암 진단 앞에서도 수술은 언제 해야 하는지, 하고 있는 일은 어떻게 해야 할지, 아이들은 어디에 맡겨야 하는지 별별 생각이 다 들었다.

결국 수술을 했다. 그리고 퇴원을 했다. 집 안 식탁 위에는 온갖 병원 서류와 영수증, 갑상선약, 중성지방 수치를 낮춰주는 약, 영양제 등이 가득 쌓였다. 마치 죽을 날 앞둔 시한부인생인 듯한 기분이 들었다.

주변에서 위로 한답시고 '갑상선암은 착한 암'이라는 둥의 소리를 하는 사람들에게는 '그 착한 암 네가 걸려 보고 그런 말 하라.'고 해주고 싶었다.

암은 암이다. 상대적으로 덜 위험하다는 것이지 착한 암이라는 건 없다. 막상 수술을 위해 목을 열어 보니 임파선까지 전이 되어서 그것까지 떼어내게 되었다.

그 전에도 중성지방수치가 높은 건 알고 있었지만, 지금도 그럴 거라고는 생각 못했다. 의사는 이렇게 수치가 높은 사람은 드물다며 "이러다 갑자기 길가다 뇌졸중으로 쓰러져 죽을 수도 있어요."라고 했다.

나도 참 바보 같은 것이, 그런 걸 알면서도 퇴원 후 3일 쉬고는 나오지도 않는 목소리로 수업을 했다. 나를 믿고 수업 받는 학생들과 학부모가 알면 아픈 선생님이라고 생각하고 떠날까봐 수술했다는 말도 못 한 채, 꿰맨 목을 스카프로 감고 감기에 걸렸노라 말하며 악착같이 일을 했다.

갑상선암 수술 후 그래도 나름대로 관리를 한답시고 운동도 했는데, 6개월 뒤 갑상선 수치가 올라가서 약의 밀리 수를 높여서 처방을 받았다.

병원 안의 약사님은 굉장히 친절한 분이셨는데, 처방을 다시 받아가는 나에게 언니처럼 이런저런 조언을 해주셨다.

"여성 호르몬인 에스트로겐은 지방에서 만들어지는데, 지방이 너무 많으면 염증이 생기고 암 발생률도 높아져요. 내 인생에 음료는 아메리카노랑 물밖에 없다 생각하고, 일체 쥬스나 다른 음료수 다 끊고, 튀긴 음식 먹지 말고, 운동하고, 식단 조절해야 해요."

그제서야 바보 같은 나는 굳은 결심을 했다. 아니, 결심을 할 수밖에 없었다. 나를 돌보기로 말이다.

'돌보지 않으면 죽는다. 내 아이들은 엄마 없는 아이들이 된다.'

스티브 잡스가 췌장암으로 죽기 전 병상에서 쓴 일기라고 SNS에 돌아다니는 글을 보면, 죽음 앞에서는 명예도, 돈도 다 부질없다는 것을 느낄 수 있다.

"나는 사업에서 성공의 최정점에 도달했었다. 다른 사람들

눈에는 내 삶이 성공의 전형으로 보일 것이다.

그러나 나는 일을 떠나서는 기쁨이라고 거의 느끼지 못한다. 결과적으로, '부(富)'라는 것이 내게는 그저 익숙한 삶의 일부일 뿐이다.

지금 이 순간에, 병석에 누워 나의 지난 삶을 회상해 보면, 내가 그토록 자랑스럽게 여겼던 주위의 갈채와 막대한 부는 임박한 죽음 앞에서 그 빛을 잃었고 그 의미도 다 상실했다.

어두운 방안에서 생명 보조장치에서 나오는 푸른빛을 물끄러미 바라보며 낮게 웅웅거리는 그 기계 소리를 듣고 있노라면, 죽음의 사자의 숨결이 점점 가까이 다가오는 것처럼 느껴진다.

이제야 깨달은 것은 평생 배 굶지 않을 정도의 부만 축적되면 더 이상 돈 버는 일과 상관없는 다른 일에 관심을 가져야 한다는 사실이다. 그건 돈 버는 일보다는 더 중요한 무언가일 것이다. 인간관계가 될 수 있고, 예술일 수도 있으며, 어린 시절부터 가졌던 꿈일 수도 있다.

쉬지 않고 돈 버는 일에만 몰두하다 보면 결과적으로 비뚤어진 인간이 될 수밖에 없다. 바로 나같이 말이다.

부에 의해 조성된 환상과는 달리, 하나님은 우리가 사랑을 느낄 수 있도록 감성이란 것을 모두의 마음속에 넣어 주셨다.

평생에 내가 벌어들인 재산은 가져갈 도리가 없다. 내가 가져갈 수 있는 것이 있다면 오직 사랑으로 점철된 추억뿐이다. 그것이 진정한 부이며, 그것은 우리를 따라오고, 동행하며, 우리가 나아갈 힘과 빛을 가져다 줄 것이다.

사랑은 수천 마일 떨어져 있더라도 전할 수 있다. 삶에는 한계가 없다. 가고 싶은 곳이 있으면 가라. 오르고 싶은 높은 곳이 있으면 올라가 보라. 모든 것은 우리가 마음먹기에 달렸고, 우리의 결단 속에 있다.

어떤 것이 세상에서 가장 비싼 침대일까? 그건 '병석'이다.

우리는 운전수를 고용하여 우리 차를 운전하게 할 수도 있고, 직원을 고용하여 우릴 위해 돈을 벌게 할 수도 있지만, 고용을 하더라도 다른 사람에게 병을 대신 앓도록 시킬 수는 없다. 물질은 잃어버리더라도 되찾을 수 있지만 절대 되찾을 수 없는 게 하나 있으니 바로 '삶'이다. 누구든지 수술실에 들어갈 즈음이면 진작 읽지 못해 후회하는 책 한권이 있는데, 이름 하여 《건강한 삶 지침서》이다.

현재 당신이 인생의 어느 시점에 이르렀든지 상관없이 때가 되면 누구나 인생이란 무대의 막이 내리는 날을 맞게 되어 있다.

가족을 위한 사랑과 부부 간의 사랑 그리고 이웃을 향한 사랑을 귀히 여겨라. 자신을 잘 돌보기 바란다. 이웃을 사랑하라."

나는 갑상선암 수술 후 '왜 내가 암에 걸렸을까.'라고 비관적

으로 생각하기 보다 '그래도 죽지 않고 발견해서 다행이다.'라며 감사했다.

《미움 받을 용기》의 저자는 심근경색으로 쓰러져 심장에 대체 혈관을 연결하는 대수술을 받았다. 수술 후 그는 다시 태어나는 계기를 맞이했다고 한다. 그가 입원해 있는 동안 어느 간호사가 "병을 앓아도 다 나으면 '아이고, 살았다.' 하고 끝나는 사람도 있어요. 선생님께서는 다시 태어났다는 생각으로 힘내시길 바랄게요."라고 했다.

'아이고, 살았다.'로 끝나는 사람은 퇴원하면 이전의 생활로 돌아가 다시 탈이 나고 건강을 해치는 생활습관을 버리지 못하는데, 그러면 시련을 겪은 보람이 없다고 말한다.

병을 앓으면 생활방식이 달라져야 한다고 강조했다.

나는 이 책의 독자분들이 건강해졌으면 좋겠다.

의사의 부르심을 받기 전에 예방을 했으면 좋겠다. 혹시 몸이 아팠던 사람이라면 '재호출'을 받기 전에 건강관리에 좀 더 신경 썼으면 좋겠다. 독자분들에게 그럴 동기를 줄 수 있다면 이 책을 쓴 보람을 느낄 수 있을 것이다.

차 례

Chapter **1. 우리에게 내일은 없다**

Chapter **2. 내 사전에 작심삼일은 없다**

Index

Chapter 3. 열심히가 아니라 스마트하게

Index

Chapter 1

우리에게 내일은 없다

남편이 얄미워 운동을 시작했습니다

결혼 후 다이어트를 결심한 최초의 이유는 남편 때문이었다.

누구나 그렇겠지만 나는 첫아이 임신과 출산을 거치며 몸이 망가졌고, 연년생으로 아이를 출산하면서는 퍼져버린 몸을 어떻게 추스릴 자신이 없었다. 부처님의 내려놓음이라는 가르침을 내 몸에 살포시 적용해 봤다. 날 그냥 내려놓기로.

내려놓으면 마음의 평화가 와야 하는데…. 내 마음에는 우울, 짜증, 자신감 하락, 서서히 밀려드는 피해의식이 생겼다.

그런 와중에 남편은 수시로 살 좀 빼라고 타박했다.

어느 날 밤의 일이다.

"오빠, 편의점에서 과자 좀 사다 줘."

"먹고 싶으면 니가 사와."

"지금이 몇신데, 12시 다 되었어. 무서워."

"걱정 마라. 남자들이 널 보면 무서워하지, 곰인 줄 알고 놀 랄 걸."

남편이 "살 좀 빼라. 그렇게 살고 싶냐?"라고 수시로 말하자 화도 나고 복수하고 싶었다.

처음엔 그래서 운동을 시작했다. 그러나 남편 때문에 오기로 한 운동은 오래가지 않았다.

헬스장에 등록해 놓고 흐지부지하기만 했다. 나중에 건강에 이상이 오고 암 수술 및 여러 부침을 겪고 나서 정신을 바짝 차렸 지만, 아무튼 결과적으로 현재는 상황이 바뀌었다.

남편의 훤칠한 키와 삼두근에 반해 결혼했지만, 사람 인생 모른다고 지금 남편의 몸은 무너져내렸다. 운동을 하고 있다 해 도 술과 기름진 음식을 자주 먹으니 배도 많이 나오고, 그 삼두 근은 자취를 감추고 물살이 되었다. 확실히 술은 근육 손실을 일으키는 주범이 맞나보다.

내가 당한대로 가슴 후비는 말을 해주고도 싶으나 이제는 그 런 마음도 들지 않는다.

누구를 위한 운동이 아니라 나를 위한 운동, 제대로 운동중독이 되었기 때문이다.

내 꿈을 주관하는 것도 나! 내 꿈을 응원하는 것도 나!

초등학생 때 이모를 따라 화장품가게에 간 적이 있다. 이모는 고가의 화장품을 사고서 마음이 변해서 환불하려고 했다. 지금 생각해 보면 혼자 가기 '쫄렸던지' 어린 나를 데려가서 옆에 앉혀 놨다.

이모의 환불 멘트는 "남편이 너무 비싸다고 환불해 오라 그러네요. 환불해 주세요."였다.

살 때는 이모 맘대로 사고서는 왜 환불할 때는 남편을 방패막이 삼을까? 이모는 절대 이모부에게 허락을 받는 타입이 아니었다는 건 어렸어도 감지하고 있었다.

수십 년이 흐른 지금도 주변에 이런 사람들을 많이 본다.

"애 아빠가 반대해서…." "남편과 상의해 보고…."

자신이 뭔가를 하고 싶은데 남편의 허락을 받아야 하는 사람들의 말이다. 물론 각자 사정이 있을 것이다. 경제권이 없거나 남편과 모든 걸 상의한 후 하는 가정도 있을 것이고.

하지만 뭔가 하고 싶은 것이 있을 때조차도 남편 외에 주변 사람들과 상의하면 그중 한 사람이

"그거 해서 뭐해."

"내가 그거 해봐서 아는데 안 돼."

"내 친구 그거 배웠다가 돈만 버렸잖아."

라는 말을 듣고 마음을 접고는 한다.

'도전의 가장 큰 적은 도전하지 않은 자들의 조언이다.'

나는 이 말을 좋아한다. 설령 도전해서 성공하지 못한 사람들의 경험담을 들었다 해도 그건 그 사람의 케이스이지 내가 경험한 것은 아니다. 내가 하고 싶다면 하면 되는 것이다.

김미경 강사는 '꿈에 남편도 아이도 넣지 마라. 내가 중심이 되어야 한다. 남편은 꿈 방해자들일 뿐'이라고 했다.

또한 40대 중반이 되면 날 찾는 가족들은 없고, 애들마저 엄마 카톡 올까 두려워한단다. 원치 않아도 50세가 되면 찜질방에라도 가 있어야 하는 것처럼, 결국 내 실체가 없어진다고 한다. 나의 실체가 없다는 것은 꿈이 없다는 말이다.

그녀는 남편들은 죄다 꿈 방해자들이라고 했지만, 나는 남편

외의 다른 사람들, 나 아닌 다른 사람들 모두 꿈 방해자들이라고 생각한다.

나는 하고 싶은 게 많은 사람이다. 그런 이야기를 할 때마다 남편은 사색이 된다.

"뭘 또 하려고! 애들이나 잘 키워. 어떻게 하면 호박을 균일하게 잘 썰어서 된장찌개를 맛있게 끓일 수 있나 연구할 생각을 살면서 해보기라도 했어?"

라고 말한다.

아니 내가 무슨 백종원이야? 골목식당 컨설팅하란 거야 뭐야. 왜 내가 호박을 균일하게 써는 법을 연구해야 하는데. 호박 써는 법으로 논문을 쓸거야?

내가 뭘 하고 싶다고만 하면 남편은 이렇게 어깃장을 놓는다. 하지만 나의 결론은 '내 꿈은 내가 지켜야 한다는 것'이다.

살면서 내 성향을 알고 반 포기한 남편은, 어느 날 또 새로운 도전을 시작하겠다는 나에게 비아냥거리듯

"그래~ 잘 해봐. 너의 꿈을 응원합니다."

하는데, 전처럼 혹 하고 화가 올라오진 않았다. 전 같았으면

"뭐야! 그 비아냥거리는 말투는? 내가 뭐 하는 게 그렇게 싫어?"

라고 했을 텐데, 그때 내가 한 말은

"내 꿈 응원해 주지 않아도 나는 해! 내 꿈은 내가 응원하거든!"
이라고 받아쳤다.

시간이 흘러 조용히 이 책의 원고를 집필하고 출판사와 계약을 했는데, 출판사 대표님이 내가 제시한 가제《마흔, 마음이 시려서 운동을 시작했습니다》말고 남편분만 괜찮다면 책 제목을 《40, 남편이 얄미워 운동을 시작했습니다》로 해보는 게 어떻겠냐고 물으셨다.

남편에게 말도 하지 않고 틈틈이 원고를 썼다가 계약하게 된 상황에서 남편에게

"나 책 또 낼건데…. 그런데 제목을 이렇게 해도 돼? 이거 전국적으로 당신 얄밉다고 광고하는 건데…? 괜찮겠어?"라고 물으니

"오~ 그거 좋네. 그걸로 해라."
라고 한다.

이제는 남편도 이렇게 생겨먹은 아내를 받아들이기로 했나 보다. 남편이 부처가 되어 아내를 내려놓은 것 같다. 혹시 나중에 《아내가 얄미워 출가를 하게 되었습니다》라고 남편이 책을 내는 건 아닌지 모르겠다.

게으른 여자는 있어도 못생긴 여자는 없다

백종원의 《골목시장》을 보면 위기에 처한 식당 사장님들에게 는 게으른 핑계와 변명이 참 많다. 사람들은 제 3자의 입장에서 방송에 나온 주인공들을 비난하고 비판한다.

'저러니 가게가 안 되지.'

'핑계 없는 무덤 없다더니, 핑계만 대고 개선을 안 하는군.'

하지만 막상 본인에게 그런 일이 생기면 비판의 시각을 본인 에게는 적용하지 않고 회피하려 하거나 핑계 대기에 급급하다.

Those who spend their time looking for the faults in others, usually make no time to correct their own.

다른 사람의 잘못을 찾는 데는 기꺼이 시간을 할애하면서 본인 결점을 수정하는 시간은 쓰지 않는다.

'연말이니까 새해부터 해야지.'

'오늘은 기분이 꿀꿀해. 일단 매콤한 마라탕 먹고 내일부터!'

'일이 바빠서 여유가 생기면….'

그러나 대부분은 이달도 다음달도 크게 변한 것은 없고, 그렇게 또 연말을 맞이한다. 그리고 또 '내년에는 기필코!'하는 일이 무한 반복된다.

나도 다르지 않았다. 운동하지 말아야 할 이유를 수십 가지 떠올렸던 지난 세월을 돌이켜 보면 말이다.

'오늘은 마트 다녀와서 피곤하니까.'

'내일 아침에 중요한 일이 있어서.'

'곧 추석이니 추석 치르고 나서.'

'육아에 멘탈이 나가서, 일단 오늘은 치맥 좀 하고.'

'비가 내리니까 운동하러 나가면 옷도 젖고 번잡스러우니까.'

이렇게 운동을 못 갈 이유를 수십 가지 대며 나 자신을 합리화시켰다.

✏ 부먹/찍먹(?)

"탕수육을 소스에 찍어 먹을까, 부어 먹을까?"

라고 묻자, 개그맨 문세윤이

"부먹, 찍먹 고민할 시간에 하나라도 더 먹어라!"

라고 응수한다.

역시 그 몸집을 유지하는 비기와 내공이 담긴 대답이었다. 이와 같이 운동 갈까, 말까가 고민이 된다면 '일단 가라! 가서 고민해라!'라고 말해주고 싶다.

운동하러 가기 싫어 죽겠는 날들이 나에게도 꽤 많았다. 갈까 말까 고민하며 핑계들도 진화했다.

그러나 운동이 일상이 된 어느 날부터 운동 갈까 말까에 대한 고민이 내 머리를 지배하기 전에 '일단 간다!' 일단은 깊이 생각하지 말고 가서, 바벨을 들거나 러닝머신 위를 걸으면서 고민을 하게 되었다. 진짜 피곤하고 수행능력이 떨어진다면 그때는 집으로 돌아와도 좋다. 그런데 아마 그렇게 되지는 않을 것이다. 결국은 '이렇게 오면 될 것을…, 오길 잘했다.'라는 뿌듯함을 느낄 가능성이 월등히 높다.

나의 경우는 그랬다. 가서 운동을 일단 하면 '그래, 오길 잘

했네.' 싶었다. 진짜로 운동이 안 되는 날은 돌아온 적도 몇 번 있지만, 그건 정말 열 번 중 한 번이었다.

어쨌든 일단 헬스장 가서 고민하면 된다.

'불이야!'라는 외침을 들으면 이것저것 잴 정신도 없이 집 밖으로 뛰쳐나갈 것이다. 그것처럼 그냥 나가야 한다.

조지 버나드 쇼의 "우물쭈물하다가 내 이렇게 될 줄 알았지."란 묘비명처럼, "우물쭈물 뚱뚱하게 살다가 내 이렇게 관 뚜껑 닫을 줄 알았지."라는 생각을 하는 것이다.

이렇게 관 뚜껑을 닫고 싶지 않다면 뭐든 뒤로 미루지 말고 지금! 당장! 해야 한다.

회사 가기 싫다 해도 일단 일어나서 세수하고 나가면 되고, 공부하기 싫어도 일단 책상 앞에 앉아 있으면 절반은 성공한 거다. 헬스장도 일단 가야 한다. 다 하게 되어 있다.

그렇게 헬스장에 가면 느끼는 것이 있다.

다들 열심히 하는구나, 내가 너무 게을렀구나.

"실천하기 가장 좋은 날은 '오늘'이고, 실행하기 가장 좋은 시간은 '지금'이다. 삶에서 가장 파괴적인 단어는 '나중'이고, 인생에서 가장 생산적인 단어는 '지금'이다. '내일'과 '나중'은

패자들의 단어이고, '오늘'과 '지금'은 승자들의 단어이다.

이민규의《실행이 답이다》중에서

✐ 실행이 답이다

나이키 매장에 가서 신상품만 고르지 말고 JUST DO IT!의 모토를 행동으로 옮겨야 한다.

《엄마의 공부방》을 쓸 때는 무작정 썼다. 그 이후의《씨리얼 오픽(See Real OPIC)》영어수험서도 묵묵히 썼다.

시간이 흐르고 다이어트에 동기부여할 수 있는 책을 내고 싶다는 생각이 들었다. 내가 돼지였을 때는 비계를 걷어내느라 바빴지만, 좌충우돌하면서 운동을 하여 어느 정도 몸무게를 줄인 후 나의 경험을 들려주고 도움을 주고 싶었다. 독자가 한 명이라 해도 그 사람이 내 책을 보고 바로 뛰어나가게만 할 수 있다면 된다고 생각했다.

물론 중간중간 쓰면서 '현타(현실자각타임)'가 오기도 했다. 괜한 짓 아닌가? 다이어트 책도 많고, 더 날씬하고 몸매 좋은 사람들의 책, 전문지식으로 무장한 책도 많은데….

하지만 그럴 때마다 '부먹/찍먹 이론'을 내게 적용했다.

쓸까 말까 생각하기 전에 그냥 펜을 들었다. 막상 오랜만에 글을 쓰려 하니 글이 써지지 않았다. 그럴 때마다 마음을 잡고 여러 책들을 읽었다. 끌어당김의 법칙대로 구하고자 하니 보였다.

다른 작가들도 '작가의 장벽'에 허우적거린다고 했다. 대작가도 첫 문장을 '그날이'로 할까 '그날은'으로 할까 며칠 고민하기도 한다면서 무작정 그냥 쓰라고 조언했다. 이 '무식한 시작'은 글쓰기뿐만 아니라 운동에도 적용되어야 한다.

온라인이 대세인 이 시대에 본인의 이름으로 책을 내고 싶어 하는 사람들은 여전히 많다. 내 주변에도 작가 지망생들을 꽤 많지만 책을 낸 사람은 드물다. 방법만 검색해 보고 마음만 가졌지 행동으로 옮기지 못하기 때문이다.

그중에서 책을 낸 지인들은 일단 펜을 들고 원고를 써내려 간 소수의 사람들이다.

아직도 하는 일 마무리 좀 되면 본격적으로 써보겠다거나 여행 가서 구상 좀 해야겠단다. 그런 사람들은 올해도 그대로 작가의 꿈을 이루지 못하고 있다.

다이어트도 그렇다. 그냥 '지금' '당장' '여기' 정신으로 뛰어나가라. 집에 불이 나서 피난처는 헬스장밖에 없다고 생각하고!

퀘렌시아

아이들이 유치원으로, 어린이집으로, 학교로 가면 엄마들의 꿀타임이 온다. 어떤 엄마들은 동네맘들과 커피숍에서 모인다.

성향의 차이지만 나는 엄마들을 만나 얻는 것은 그다지 없다고 생각한다. 힐링도 안 된다. 수다로 잠깐 기분 전환은 되지만, 그날이 그날이고 그 말이 그 말이다. 오히려 엄마들을 만나면 진이 빠지고 아이들 교육 이야기에 더 불안해졌다.

아이들을 오래 가르치면서 갑자기 전화하는 학부모들을 종종 접한다. 지금 잘하고 있는지 물어 올 때는 "사실 오늘 엄마들하고 카페에서 얘기하다가….."하면서 속상하고 흔들리는 마음을 드러낸다.

소영이 엄마와 수빈이 엄마는 절친이었다. 두 엄마는 아이들 그룹을 만들었다. 처음엔 소영이가 공부를 더 잘 했으나, 나중에 수빈이의 실력이 쭉쭉 올라가는 모습에 나도 놀랬지만 소영이도 어린 나이에 옆 친구가 자기보다 잘하는 걸 보자 긴장을 한 듯했다. 갑자기 펑펑 우는 것이었다. 항상 자기가 더 높은 점수를 받았는데 갈수록 친구가 자신보다 앞서는 것을 보고 말이다.

늦은 시간에 소영이 엄마는 나에게 전화를 걸어 수빈이가 얼마나 잘하는지, 어떤 부분이 발전되었는지 물으며 질투와 불안이 섞인 모습을 보였다.

삼총사로 유명한 세 명의 학부모들도 기억난다. 그중 두 엄마가 한 엄마를 따돌리고(그 엄마의 아이가 자기 아이들과 공부 '수준'이란 것이 안 맞는다는 이유로) 몰래 그룹과외를 짰더라며 속상해 했다. 무엇보다 그 학부모는 자신의 아이가 받은 상처 때문에 더 마음 아파했다(재밌는 건 의기투합했던 두 엄마도 갈라졌다는 것이다. 한 아이만 명문고에 갔고 친구는 못 갔기 때문이다).

많은 정보가 엄마들의 커피타임에서 오고가는 것 같다. 하지만 귀한 정보는 엄마들 모임에서 나오지 않는다. 특히 알짜 정보는 동년배 엄마들끼리는 풀어놓지 않는다.

《학군지도》, 《학력은 가정에서 자란다》의 지은이인 심정섭 씨가 이런 말을 했다.

"커피숍에서 다른 부모들과 비교 경쟁을 하고, 대단치도 않은 정보를 나누느니 독서를 하고 운동을 하는 게 낫다. 계속 무언가 아이에게 시키지 않아 불안한 것은 내 안에 채움과 행복이 없는 것이다. 운동을 하고, 좋은 음식을 먹고, 좋은 책을 읽어서 내 안을 채우면 남들이 뭘 하든 불안할 이유가 없다."

육아가 힘들다고, 아이 교육시키는 게 버겁다면서 나만의 시간이 필요하다면서 엄마들 모임에 나가면 오히려 주눅만 잔뜩 들어서 들어온다.

퀘렌시아(Querencia)란 투우 경기장에 있는 소가 숨을 고르며 쉬는 공간을 말한다.

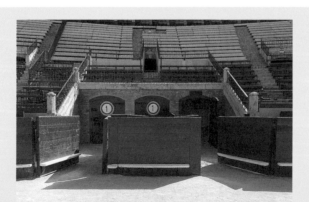

　육아는 정말 힘들다. 아이가 태어나면 "엄~마! 해 봐!"라고
하여 아기 입에서 그 '엄마' 소리가 처음 나오던 날, 감격에 벅차
하던 엄마들이 아이가 좀 크면 "엄마, 엄마! 그만 좀 불러대라!"
하며 귀찮아 한다. 나만의 시간과 장소가 필요하다고 하면서 말
이다. 최고의 휴가는 애들 없이 혼자 집에 있는 게 최고의 휴가
이자 로망이 된다. 그래서 엄마만의 퀘렌시아가 필요하다. 잠시
숨을 고르고 다시 투우사들과 싸워야 하니까.

　나만의 퀘렌시아는 세 가지이다.

첫째, 독서 시간

　독서는 평생 같이할 내 최고의 친구이다. 책만큼 가성비 좋
은 아이템이 없다. 수백 년 전에 돌아가신 위인들과 이야기를
나눌 수도 있고, 경험하지 못했지만 경험하고 싶은 분야에 미리
발을 담궈 매운 맛, 뜨거운 맛, 달콤한 맛을 본 사람들이 가이드
라인을 친절하게 제시해 준다. 마음이 울적할 땐 등을 토닥여
주며 다시 일어설 수 있도록 최고의 멘트도 해준다.

　아이들을 재우고 난 다음, 또는 아이들을 학교에 보내고나
서 혼자 책을 읽는 시간이 나에겐 소중하다. 옆집 아이의 영어

레벨이 뭔지, 어떤 학원을 다니는지를 알아내려 하기보다 전문가와 선배들이 쓴 교육서 · 육아서 · 심리학 서적 등으로 여행을 하다 보면 나만의 내공이 생긴다.

둘째, 혼자만의 시간

혼자만의 커피타임을 즐긴다. 책과 노트를 들고 카페에 가서 읽고 밑줄을 친다. 마음에 닿는 구절을 만나면 고개를 들어 생각에 잠긴다. 책을 써보고 싶다는 생각은 혼자만의 공간 속에서 독서를 통해 나왔다. 조용히 나도 펜을 들어 끄적여 보기 시작했다.

옆에 누가 있다면 사색에 잠길 틈을 주지 않는다. 그러면 생각도 글도 나오지 않는다. 글을 쓰려면 생각을 하고 그 생각을 정리해야 하기 때문에, 입을 닫고 나 스스로에게 많은 질문을 해야 한다. 글을 쓰는 주부는 이렇게 혼자만의 시간을 확보하여 '평생 책한 번 쓰고 싶다.'라는 소망을 현실로 이룬 사람들이다.

현재 주어진 시간을 보내는 패턴은 미래를 보여 준다. 운동하면 건강해진다. 글쓰는 사람은 결국 작가가 된다. 쓰기는 근력운동과 닮았다. 훈련하지 않으면 쓰기근육도 점점 약해진다.

이제는 아이들이 어느 정도 커서 끼고 있지 않아도 되니, 잠

깐이라도 근처 커피숍에 나가 나만의 시간으로 숨어든다.

그렇게 화를 냈는데 커피숍에 앉아 있다 보면 왜 그렇게 화를 냈는지 미안해지고 다시 잘 해보자는 다짐을 하게 된다. 30~40분의 숨통 트이는 시간이 다시 투우장으로 나갈 용기와 휴식을 마련해 준다.

한 번은 친구가 두통약을 계속 먹어도 아프다고 해서, 애들 좀 컸으니 떼어 놓고 근처 카페에 가서 아메리카노라도 한 잔 하고 오라고 했다.

어느 날, "약을 그렇게 먹어도 안 낫더니 커피숍에 갔다 오니 머리가 안 아프네."하는 것이다. 두통은 육체적인 문제라기보다 심리적 압박감 때문에 생겼나보다.

남자들은 퇴근 후 동료들과 맥주도 마시고 회식도 하지 않나. 엄마도 숨통을 터야 한다.

셋째, 운동하는 시간

여러 가지 집안일과 육아로 운동하러 헬스장에 가지 못한 날이 있었다. 그날은 집에 오니 밤 10시였고, 왕복 140km나 운전한 날이었다. 몸은 파김치가 되었는데 화가 났다. 일에, 육아에, 운동도 못하고 사는 게 사는 게 아닌 워킹맘의 삶. 화가 나서 잠도 오지 않았다. 무슨 기운이 뻗쳤는지 남편에게 아이들을 재우라고 하고, 기운 없는 나를 데리고 헬스장에 갔다.

그런데 웬일인가? 힘이 넘치는 것이다. 그러더니 눈물이 왈칵 쏟아졌다.

나만의 시간, 헬스장에 있는 그 시간이 너무나 좋았다. 아이들을 키우며 일을 하니 매일 애가 탔고, 내 자신이 잘하고 있나 하는 죄책감과 회의감이 들면서 화가 항상 나 있었던 것이다. 그 화는 아이들을 향해 쏟아졌고, 잠든 아이들을 보면 늘 미안해졌다. 난 왜 이 모양일까를 반복하는 나날이었다.

왜 결혼해서 아이를 낳아 이 고생일까? 이렇게 힘든 줄 알았다면 결혼 따위 안 하는 게 좋았지. 근데 이럴 줄 알았나? 일은 벌어졌다. 결혼은 했고 나는 헬(hell) 육아 중이다. 물릴 수도 있긴 하다. 이혼해 버리고 새엄마에게 아이들을 위탁해 버리면 그만.

하지만 이혼이 말처럼 쉬운가. 그러면 아이들은 행복할까? 나는?

이미 벌어진 일을 뒤집어 엎을 수 없다면? 그럴 때마다 꼭 해결책을 제시해 주는 책들을 만나게 된다. 《19, 29, 39》라는 책에 이런 구절이 나온다.

"철학은 늘 과학을 따라잡지 못했다. 과학이 어떤 결과물을 내놓으면 그제야 그에 대한 생각이란 게 생겼다. 인생도 그렇다. 일이 벌어져서야 어떻게 할지를 생각한다. 남자를 만나서야 남자에 대해 생각하고, 결혼을 해서야 결혼에 대한 생각이 서고, 이혼을 하고서야 결혼에 대한 생각이 바뀌고, 아이를 낳고서야 사는 데에 두려움이 생긴다. 그리고 그 두려움을 겪고서야 모든 일은 생각이 아닌 마음으로 이겨내는 것이라는 것을 알게 된다."

무릎을 탁 쳤다. 이런 말을 해주는 옆집 엄마가 있나? 책! 너란 친구는 정말 현명하다.

처한 현실에서 내가 바꿀 수 있는 게 무엇인지, 슬기롭게 이

견낼 수 있는 것은 무엇인지 마음을 바꿔 먹어야 했다.

이렇게 나만의 세 가지 퀘렌시아는 나를 이끌어주었다. 생산적이고도 지혜로운 방식으로.

조금만 시간을 내라

《새로 만든 내 몸 사용설명서》라는 책에는 이런 글이 나온다.

"단 20분 정도만 운동해도 충분하다. 심장과 동맥, 뼈, 관절, 태도 그리고 전체 건강에 나름대로 의미를 부여한다는 말이다. 약간 숨이 차면서 땀이 날 정도의 강도로 20분 동안 계속 움직이자. 결혼한 여성은 직장 일에, 육아에, 집안 일까지 할 일이 끝이 없지만, 자신을 위해 운동할 시간을 내는 정도의 이기심은 꼭 필요하다. 스스로 한층 더 건강해지면 부모나 자식을 돌보는 모습도 자연스레 더 좋아질 것이다."

그렇다. 이기심이라고 하지만 결국 모두에게 좋은 것이다. 아이가 행복하려면 엄마가 먼저 행복해야 한다. 아이의 정서가 엄마의 정서다. 엄마의 정서는 아이에게 전달된다.

오늘도 나는 나의 퀘렌시아로 들어가 숨을 고른다.

나는 나에게 잘 보이고 싶다

일, 다이어트, 운동, 아이들 학원 라이드, 생리까지 겹쳐 기진맥진하던 어느 날. 일정을 다 마치고 잠깐 침대에 누웠더니 침대가 날 껴안았다.

한번 누우니 운동이고 자시고 만사 귀찮았다. 하지만 나에겐 목표가 있으니, 침대의 포근한 손을 뿌리치고 나가서 만보계 앱을 켜고 무작정 걸었다.

이렇게까지 해야 하나 싶었지만, 이렇게까지 해도 살이 잘 안 빠지는데 어쩔 거야.

그 즈음 강의장에서 수강생 하나가 이런 말을 했다.

"요즘 가장 멋지다고 생각하는 사람이 선생님이에요."
'잉? 나는 그런 모습을 보여준 적이 없는 것 같은데….'

학습자들의 피드백에 따르면 내가 학생들을 잘 끌고 가고 어르고 달래다가도 채찍찔도 하는 파이팅이 넘치는 강사라고 했다.

다이어트와 운동이 힘들었어도 'I CAN DO IT!' 나이키 정신으로 무장된 상태라 그 에너지가 전달되지 않았나 싶다. 그래서 그런지 많은 직원들이

"몇 십 년 살면서 자발적으로 영어 숙제 달라고 하기는 처음이에요."

"영어가 재밌어요."

"선생님이 시키면 다 할 수 있을 것 같아요."
라는 말을 했다.

일을 하는데 체력이 떨어지면 능률도 떨어진다.

운동은 살만 빼주는 게 아니라 강한 에너지를 주었고, 그 에너지는 다른 사람에게 전염도 되었다.

그 후 며칠 뒤, 헬스장에서 처음 보는 사람이 다가오더니

"저기요~ 몸 만들고 나니 운동이 재밌으세요?"

"아직 몸 만든 거 아니에요. 뺄 살이 많아요."

"에이~ 아닌데요. 몸에 딱 운동하는 사람이라고 쓰여 있어요. 상체는 쫙 펴지고 엉덩이 라인은 여자들 워너비에요. 비결이 뭐에요? 어떻게 하면 그렇게 되요? 저 좀 알려주세요."

운동으로 몸매가 가꿔지면서 사람들이 다가와 질문을 하기 시작했다. 과거엔 내 몸을 누가 볼까 가리기 급급하여 박시(boxy)한 스타일의 옷을 고르고, 뱃살이 신경 쓰여 사람들을 만나면 알게 모르게 움츠러들었다.

옷가게 점원이 와서 인사하지 않으면, '혹시 내가 살이 쪄서 무시하나?'라는 자격지심까지 생겼었다.

뭐 그래도 그런 감정은 옷가게를 나오면 이내 사라져서 다시 음식을 흡입하곤 했다. 뚱뚱하지만 밝았다.

이런 일들은 계속 생겼다.

바디 프로필 촬영을 몇 주 앞둔 어느 날, 염색을 하러 미용실에 갔더니 미용실 원장이 이렇게 말한다.

"입구에 들어오시는데 뭐랄까 활력과 에너지가 장난 아니었어요."

운동은 사람을 참 활기차 보이게 하나보다.

인생에는 세 가지 시기가 있습니다.

유년기, 성인기,

그리고 "아이고, 좋아 보이십니다!"

라는 말을 듣는 시기

- 파울로 코엘료 -

몸매 좋은 사람들을 쳐다보는 수동적인 객체에서 이제는 바라보게 하는 주체가 되었다. 그런 주변의 칭찬과 부러움을 들으니 운동하는 보람이 더 느껴지고 동기부여도 되었다.

누구나 '관종의 끼'는 가지고 있다고 한다. 그런데 사실 나는 누군가에게 멋져 보이고 우월해 보이려는 '관종'의 마음은 크지 않다.

솔직히 나는 나에게 관심이 많다. 그래서 그런지 남에게는 큰 관심도 없고 관심 둘 시간도 없다. 나에게 줄 시간도 부족한데 남의 일, 사는 방식, 입고 다니는 옷, 자동차 등에는 그냥 '너는 너! 나는 나'라고 생각하고 만다. 나 먹고 살기도 바쁘다.

어떤 사람이 돈을 많이 벌었다거나 성공이라는 이름으로 회자될 때는 '그럴만한 노력이 있었겠지. 보이지 않은 처절한 상황들을 극복해서 저 자리까지 갔을거야.'라고 믿는다.

《미래에서 온 편지》라는 책에서 질투는 '가난의 세계관'에 근거한다고 한다. 어떤 사람이 좋은 자리나 기회를 가지면 자기 것을 빼앗겼다 생각하지 말고, 자신에게는 또 다른 방향으로부터 좋은 자리나 기회가 주어질 거라는 믿음을 가지라고 한다.

남을 시기 질투하거나 남의 눈만 의식하는 데 에너지를 낭비하지 말고 나는 나대로 나아가야 한다.

사람들의 시선을 받으려고만 했다면 어느 정도 다이어트에 성공한 후 허탈해졌을지도 모른다. 그러나 나는 나에게 잘 보이고 싶어서 꾸준히 독서를 하고 운동을 하며 내면과 외면을 지속적으로 가꾸려는 것이다.

'천지창조'로 유명한 화가 미켈란젤로는 시스티나 성당에 박혀 그림 그리기에 몰두해서 고개를 젖힌 채 천장 구석구석을 정성들여 색칠했다고 한다.

그걸 보던 친구가

"그렇게 잘 보이지도 않는 구석까지 뭐하러 열심히 그리냐고, 누가 알아주기나 하냐?"

고 물었다. 미켈란젤로는 이렇게 대답했다.

"내가 안다네."

　남에게 잘 보이기 위해 하는 일이 아니라 자신이 즐거워서 자기만족과 성취감을 느끼기 위해 하는 것을 '미켈란젤로 동기'라고 한다.

　타인의 시선이나 외적 보상에 중점을 둔다면 그 보상과 시선이 사라지는 순간 열정도 사라진다. 하지만 내적 동기에서 나온 행동력은 비교할 수 없을 정도로 강력하다.

　스스로 성취감을 느끼는 그 무언가가 있는지 살펴봐야 한다. 없다면 지금이라도 찾아서 미켈란젤로처럼 몰입을 해보는 것은 어떨까!

우울증은 운동을 싫어한다

극심한 정신적 고통이 찾아왔다. 몸도 마음도 힘이 들어 집 밖으로 나가고 싶지 않았던 적이 있다.

땅으로 꺼지는 기분이 들고 비관적인 생각만 가득했다. 그때 강의 제안이 들어왔고, 고민을 하다 제안을 받아들였다. 긴장 속에서 일을 하고 뒤돌아서면 통증이 심해졌다.

어느 날, 강의를 마치고 계단을 내려오는데 또 미칠 듯한 통증이 어김없이 찾아왔다. 눈에 보이는 통증의학과를 찾아가 통증을 완화시켜 주는 주사를 맞았다.

새벽에 응급실에 실려가 대바늘만한 진통 주사를 맞으며 버티기도 했다. 매일이 공포의 연속이었다. 그러다가 얼굴 한 쪽이 마비되고 감각이 없어졌다. 이번에는 한의원에 구원의 손을 내밀었더니 얼굴에 침 수십 개를 꽂았다.

몸과 마음이 피폐해졌고 아이들이 있는 데도 통증이 오면 방으로 가서 이불을 덮어쓰고 끙끙댔다. 너덜너덜해진 마음과 몸을 하루하루 간신히 버티고 있는데, 기업 강의 에이전시에서 강사들의 모임이 있다는 연락이 왔다.

가고 싶지 않았다. 그런데 에이전시에서 친하게 지내는 매니저가 꼭 얼굴 좀 보자고 해서 어쩔 수 없이 엉금엉금 기어나갔다. 장소에 갔더니 에이전시 전 직원들과 원어민 강사들, 중국어, 러시아어, 일본어, 영어 등 외국어 강사들로 가득했고, 맛있는 다과가 화려하게 준비되어 있었다.

먹고 싶은 마음도, 사람들과 이야기를 나눌 마음도 들지 않아 꿔다 놓은 보릿자루처럼 구석에 앉아서 진행되는 행사만 멍하니 보고 있었다. 마지막에 CEO의 감사인사 차례가 돌아왔다.

대표님이 나와 이런저런 이야기를 했는데, 그중의 한 이야기에 눈이 번쩍 떠졌다.

"사람이 신체적 통증을 느끼는 경우, 즉 몸이 아프면 타이레놀을 먹으면 완화됩니다. 그런데 정신적 통증을 느낄 때, 즉 마음이 아플 때도 타이레놀이 효과가 있습니다. 신체적 고통과 느낌을 처리하는 뇌의 영역과 정신적 통증을 처리하는 뇌의 영역이 동일해 타이레놀이 육체적·정신적 고통을 완화시켜 주는 동일한 메커니즘을 가지고 있기 때문입니다.

하지만 곧 한계를 만나게 되죠. 타이레놀이 정신적 고통을 근본적으로 줄여주거나 긍정적 감정으로 바꿔주지는 못하거든요.

그럼 어떻게 해야 할까요? 바로 사회활동을 하는 것입니다. 단, '건강한' 사회활동이어야 합니다."

머리를 '탕' 맞은 느낌이었다. 사실 당분간 일을 하지 않을 생각이었다. 개인적으로 힘든 일이 생겨 마음이 힘들었고, 그때 둘째도 태어나서 몸도 힘들었다. 아마도 산후우울증이 겹쳤던 것 같다. 고통은 매일 나를 찾아왔고 갓 태어난 아기를 보느라 잠도 못 자고 더 힘들었다.

그래서 강의 제안을 받아들인 걸 후회했다. 침 맞고 주사 맞고 약 먹으며 하루하루 버티며 살아가던 날이었는데, 대표가 저런 말을 하는 게 아닌가.

마치 나를 위해 준비한 말 같은 착각이 들었다.

힘들다고 집으로 숨어 들어가면 안 될 것 같았다.

그즈음 나아지지 않는 통증 때문에 대형 병원의 특진 교수님을 찾아가 상담을 하고 약을 받아왔다.

내 문제는 정신적인 스트레스가 몸으로 전이된 것이었다. 처방해 주신 약을 먹으면 통증이 잦아들었다. 그리고 강의도 계속하며 버티고 버텨 극복해 나갔다.

그런데 지금은 알지만 그때는 몰랐던 게 하나 있다.

바로 '운동'이다.

운동이 마음의 병에 도움이 된다는 사실 말이다.

약은 정신적 고통을 근본적으로 없애주거나 긍정적 감정으로 바꾸어주지는 못한다. 그냥 조금 눌러 줄 뿐이다.

사회활동이 꼭 보수를 받아야 하는 건 아니다. 혹시 전업주부라서 사회활동할 '꺼리'가 없다면, 아이의 학교에서 부모 봉사활동, 사회적 약자들을 위한 봉사활동, 텃밭 가꾸기 등의 활동이라도 해보자. 사실 내 몸을 일으키는 모든 것을 '활동'이라 부를 수 있다.

사회활동이 거창한 것 같다면 '운동'을 하면 된다. 쳐진 몸과 마음을 올려주는 데 운동만큼 좋은 게 없기 때문이다.

우울증은 운동을 싫어한다.

요즘에 우울증을 겪는 사람들이 참 많다. 20대는 취업난, 30대는 직장과 육아로 정신이 없다. 그렇게 바쁘게 살다 보니 어느새 마흔이 되어버렸다.

늙어버린 얼굴, 침침해지는 눈, 주름살, 위태위태한 사회에서의 위치, 바쁘게 산 것 같은데 모아놓은 돈은 충분치 못하고 아래에서는 치고 올라오지, 위에서는 눌러대지, 버는 돈은 족족 집 대출금과 아이들 교육비로 직행한다. 실체가 있는지도 모를 월급은 통장을 잠깐 스쳐 카드회사가 가져간다.

특히 우리 엄마들은 어떤가. 스스로 공부하지 않는 아이들과 씨름하며 하루하루를 보내고, 밥 하느라 경력단절 맘이 되어버린다. 꿈이 있고 푸릇푸릇했던 20대, 친구들과 여기저기 다니던 그 자유의 시간은 가고 여자로서의 삶이 '거세'되어 버린다. 그렇게 아이들은 자라고 엄마는 나이만 들어간다.

남은 건 흉악한 뱃살과 늘어나는 흰머리.

오지 말래도 우울증이 어찌 안 오겠나.

몸의 온도가 낮으면 자신을 못 일으킨다고 한다. 갈수록 몸의 온도가 낮아지는 게 우울증이다. 그래서 계속 집에서 드러눕

게 되고 무기력해지는 것이 무한반복된다.

　실제로 우울증에 걸리면 몸을 움직이는 것을 좋아하지 않는다. '영'과 '육'은 하나다.

《걷기만 해도 병의 90%는 낫는다》의 저자는 말한다.

　"우리 병원의 외래 진료에는 우울증 환자도 매일같이 내원한다. '그때마다 꼭 걸으세요. 걸으시면 약을 안 드셔도 돼요.' 하고 말씀 드리지만 환자들은 좀처럼 걷지 않는다."

　걷기를 비롯해 그 어떤 일에도 의욕이 솟지 않는 무기력이야말로 우울증의 전형적인 증상이니 당연한 반응일지 모른다. 많은 우울 증환자가 밝은 낮에는 밖에 나갈 기운조차 없다며 해가 기울고 진료 시간이 끝날 무렵에 내원한다.

　저자는 항 우울제의 효능 자체를 부정하지는 않지만 장기간 약을 복용하다 보면 의존성이 생겨 결국 끊지 못하게 될 수 있다고 경고한다.

　하루에 10분이라도 걸을 만한 기운이 생기거든 걸으며 약의 복용량도 줄이다가 마침내는 약을 끊고 걷기만으로 전환해야 한다고 한다. 그러면 초기 우울증은 3개월 만에 잡을 수 있다고 조언한다.

뇌에 세로토닌이나 노르아드레날린이라는 호르몬이 부족하기 때문에 우울증이 생기는데, 걸으면 그 호르몬의 분비상태가 좋아져 우울증이 개선된다고 한다. 그래서 우울증이 있는 사람들에겐 무조건 걸어보라고 한다.

나는 운동의 힘을 경험했기에 저자의 말을 신뢰한다.

잠도 많이 자고 푹 쉬던 어느 날이었다. 갑자기 우울한 감정이 밀려왔다. 2020년 새해 즈음이었는데, 2019년에 이룬 것이 꽤 많았음에도 불구하고 그랬다.

이유가 뭘까 곰곰이 생각해 보았다. 바디프로필을 찍는다고 열심히 운동할 때는 우울이고 뭐고 너무 몸이 지쳐서 잠도 금방 들었다. 그러다 목표를 달성하고 나서 좀 쉬고 있어서 괜히 우울한 감정이 들었던 것 같다.

운동광인 친구 하나가 내게 이런 말을 했다.

"염병 그만하고 나가서 운동해! 운동할 때 안 그러더니 누워서 우울 어쩌고 하지 말고…."

일단 집 밖으로 나오니 전까지와는 다르게 기분이 좋아졌다.

그날, 내 블로그에 이렇게 적었다.

"불행해지려고 염병하지 말자. 이 생각 저 생각이 많아지면 몸을 쓰자!"

그런데 왜 이런 기분이 들지? 의문점은 풀고 싶었다. 대체 왜?

끌어당김의 법칙처럼 우연히 한 책에서 이런 문장을 발견하고 무릎을 탁 쳤다.

"흥미로운 것은 외부에서 자신을 힘들게 하지 않으면
스스로에 대한 기대치와 실망감으로
자신을 괴롭혀 우울증에 걸리기도 한다."

- 나는 까칠하게 살기로 했다 -

내가 비정상이 아니구나. 인간은 원래 그렇게 생겨 먹어서 그냥 스스로를 괴롭히며 못살게 구는구나. 저자는 우울증에는 잘 먹고 잘 쉬고 운동하는 단순한 삶의 태도가 필요하고, 마음 터놓을 사람을 만드는 것도 중요하다고 한다.

"몸을 별로 움직이지 않는 삶은 그 편안함에도 불구하고
우리를 불안정하고 초조한 상태로 만든다."

- 칼 세이건 -

당신의 시간은 거꾸로 간다

나이가 들면서 외모 변화는 피할 수 없다.

주름은 계속 깊게 패이고 흰머리는 뽑다가 뽑다가 이제는 대머리가 될까 두려워 뿌리염색으로 환승한다. 뱃살은 자꾸 염치 없이 나와서 누구를 만나러 카페에 가면 캐릭터 인형이나 쿠션을 껴안고 있어야 한다. 절대 소녀감성으로 귀엽게 보이고 싶어서가 아니라 뱃살을 '커버'하기 위한 위장술이다.

게다가 키까지 줄어드는 것 같다. 총체적 난국이다.

인터넷 검색을 하기 시작한다. 블로그, 미용카페에서 각종 시술 후기를 읽는다.

울쎄라 Vs 써마지 비교, 필러, 보톡스 후기를 보고

"님, 저도 정보 좀…. 저도 쪽지 좀…."

"너무 잘 되셨네요. 비용 좀 알려주세요."

"필러 잘 하는 병원 좀 추천해 주세요."

그래서 피부과에 가면?

의사선생님은 만나 뵙기 어렵고, 상담실장이 견적을 내주신다.

"고객님! 여기 쳐지셔서 실 리프팅도 하시고, 여기는 꺼지셔서 필러 좀 주입하시고, 레이저 10회로 피부 톤 좀 고르게 하시면 되시고요. 안 그래도 이벤트 중인데…. 총 견적은 450만 원이세요. 부가세는 별도시고요. 무이자 할부도 돼서 다른 고객님들도 예약 많이 걸어놓고 가셨어요. 큰 비용 아니니(?) 이벤트할 때 관리 좀 받으세요."

성형? 시술? 자신감을 주고 외모를 업그레이드시켜 준다는데 나쁠 게 뭐가 있을까.

'돈만 있다면'.

하지만 할리우드 스타도 아니고 피부과 시술을 주기적으로 받는 게 경제적으로 감당되는지를 따져봐야 한다. 이사해서 리모델링하다 보면 도배와 장판만 할 것을 더 고급사양으로 하게 되고, 가구를 들이다 보니 다른 가구와 매치가 안 돼서 가구도 새로 사게 된다.

그런 거다, 수술도 시술도. 한 군데 손보면 다른 데가 보인다. 전체적인 조화가 안 되는 것 같으니까 다른 곳이 거슬린다. 옷만 사러 갔다가 신발까지 사게 되는 것처럼.

문제는 '돈'이다. 그렇다면 어떡해야 할까.

가성비 끝판왕이 운동이다. 클린하게 먹고 운동을 하면 군살이 정리되고, 얼굴이 갸름해지고 작아진다. 또 날씬해진다. 피부에 탄력도 생긴다. 그 이후에 조금 보수공사를 하든지 하자.

그래야 경제적이다. 얼굴과 몸을 재개발 시공을 해서는 안 된다.

명품가방, 비싼 옷도 필요 없다. 티 하나에 청바지 하나로 스타일리쉬해질 수 있으니까. 입고 싶은 옷을 입는 기쁨을 느낄 수 있다.

옷 사이즈가 작아서 큰 사이즈로 교환하거나 못 입게 되어 '짜증'이 난 경험도 했지만, 작은 사이즈의 옷으로 교환하러 가는 길은 몸서리치게 '짜릿'하다.

살을 빼고 보니 77사이즈에서 66이 되었고, 66에서 통통55까지 가게 되니 욕심이 생겼다.

여자들의 세계는 복잡하다.

　　립스틱도 남자들이 보기엔 그냥 빨강색이라면, 여자들은 320가지의 색도 다 구분할 수 있다. 립스틱 이름만 봐도 '쓸쓸한 레드, 짜릿한 레드, 여신 빨강, 버건디 레드' 등 다양하다.

　　여자들의 사이즈 세계도 그렇다.

　　통통77, 정77, 마른77(77이면 77이지 날씬 또는 마른77은 뭔지….)

　　통통66, 정66…. 나도 통통77에서 통통55로 가니 욕심이 났다. 아! 날씬55하고 싶다. 그래서 음식이 당기는 날은 먹다가도 정신이 난다. 이거 다 먹으면 '날씬55 못간다.'

　　지금도 이렇게 자신을 컨트롤하며 계속 발전해 가고 있다. 다이어트를 하고 나서 나이는 들어가지만 몸과 마음은 점점 '회춘'하는 느낌이다.

이 나이에 벗어서 누구한테 보여 주려고

옷을 입었을 때 날씬하거나 적당한 몸매로 보이던 사람들이 옷을 벗은 모습을 헬스장이나 목욕탕에서 보면 힙은 쳐져 있고 아랫배와 옆구리에는 군살이 가득하다.

벗은 몸을 보면 쳐진 '초등학생의 민짜 몸'이라는 생각이 든다.

많은 여성들이 "옷으로 커버하고 다녀서 그렇지. 군살이 많아요."라고 하는 건 겸손이 아니라 사실이다. 식사로만 다이어트하거나 유산소 운동만 해서 그런 것이다.

당장 유튜브에서 비키니선수나 바디빌딩대회를 검색해 보면 군살 하나 없이 매끈하고 탄력 있는 몸을 소유한 선수들이 즐비하다. 나이가 40·50대라도 몸은 보통 20대 일반인과 비교도 안 될 정도로 아름답고 탄력이 넘친다.

나도 그런 몸을 만들고 싶었다. 옷으로 커버해서 남들은 속일 수 있지만 정작 나는 못 속이지 않나.

'벗어서 예쁜 몸!'

'이 나이에 벗어서 누구한테 보여주려고? 나 자신에게 잘 보이고 싶어서!'

다 벗고 거울 앞에서 '어휴! 이 뱃살 봐. 이 쳐진 엉덩이 좀 봐.' 대신 '와~ 내 몸 진짜 죽이네~.'라는 기분을 느껴보고 싶어서다.

전 미국대통령 지미 카터는 마흔 가까운 나이에 이런 이야기를 했다.

"후회가 꿈을 대신하는 순간부터 우리는 늙기 시작한다."

장석주 작가는

"꿈을 품은 마흔은 젊지만 꿈을 잃은 마흔은 이미 늙은 것이다."라며 꿈을 잃은 인생의 무상함을 이야기한다.

꿈을 잃으면 아무리 젊어도 노인으로 사는 것이고, 꿈이 있다면 그 자체로 젊은 마음으로 사는 게 아닐까.

나는 항상 버킷 리스트를 작성한다. 그때만큼은 신이 난다. 마치 누군가 로또 30억에 당첨되면 뭐하고 싶냐고 물어볼 때 조목조목 사용처를 떠올리며 마음만이라도 행복해 하는 것처럼. 사실 이 버킷 리스트는 로또 당첨보다 현실적이다.

✐ 버킷 리스트를 써 보자

사람에게는 목표가 있어야 한다. 영어 공부, 금연, 다이어트, 나만의 시간 갖기 등 그 어떤 것이라도 좋다.

나에게는 '꿈노트'가 있다. 버킷 리스트를 적어 놓고, 이루어 갈 때마다 빨간펜으로 직직 그어 지워간다. 대단한 것들은 아니다. 오후 2시에 도서관에 가서 저녁까지 책 읽기, 카페에서 독서하기, 밝은 색으로 머리 염색하기, 매일 나만의 시간 갖기, 책 쓰기, 바디프로필 찍기 등.

그런 것들을 미루지 말고 되도록 지금! 당장! 여기서! 하는 거다.

소소한 것부터 조금은 무리인 것들도 죄다 적어 놓는다.

그래서 그런지 이룬 것들도 꽤 많다. 물론 아직 진행 중인 것들도 많다.

주말이면 아이들을 남편에게 맡기고, 카페에 가서 나만의 시간을 갖는다. 그러면 에너지가 충전된다. 아이들을 재우고 나면 새벽에 나만의 시간을 갖고, 미래 일기를 쓰거나 책을 읽는다.

30대에는 버킷 리스트에 책 쓰기가 있어서 두 권의 책을 출간했다.

아이들과 서점에 가서

"엄마 책 여기 있네~."

하니 아이들은 신기해 했다. 아이들에게 엄마이기 전에 한 사람으로서 나의 일과 인생이 있다는 것도 알려주었다.

40대가 되어 건강의 중요성을 몸소 체험하고 운동의 필요성을 느낀 후 바디프로필을 노트에 적었다.

꿈 노트에서 이룬 꿈들을 빨간펜으로 직직 그을 때는 홀가분한 마음마저 든다.

《정상에서 만납시다》의 저자 지그 지글러는 이렇게 말했다.

"재미있는 현상이 우리 가정에서 일어나고 있다. 결혼식이나 생일 같은 특별한 날이나 공휴일 전날에는 사망률이 감소한다. 많은 사람들이 크리스마스나 축제 등을 한 번 더 지내보고 죽겠다는 목표를 세운다. 그 목표가 달성되고 나면 즉시 살고 싶은 의지가 약해지고 따라서 사망률이 상승한다. 그렇다.

삶이란 가치 있는 어떤 것을 주제로 갖고 있는 한 유지된다. 인생에 있어서 목표란 중요한 것이며, 모든 사람이 그 중요성을 알고 있다."

혹시 무기력해 있다면 작은 목표부터 적어 보길 추천한다. 빨간펜으로 그은 것들이 많아질 때마다 늘어가는 저축 통장을 보듯이 뿌듯해 하는 건 어떨까?

통장에 있는 돈만이 자존심을 살려주는 건 아닌 것 같다. 좋은 차, 좋은 옷은 행복의 척도가 아니다. 돈과 명품으로 휘감아도 자존감은 낮은 사람들도 많다.

〈꿈 노트〉에 적힌 목표들과 이룬 것들을 보면 스스로의 자부심과 자존감도 높아진다.

지금 당장 버킷리스트를 작성해 보자. 진짜 내가 원하는 것을 쓰다 보면 그 꿈은 이루어진다.

인간은 기능상으로 자전거와 같아서
목표를 향해 위나 앞으로 움직여 나가지 않는 한 넘어진다.

- 맥스웰 몰츠 -

늦은 나이란 없다

I'm not sixty, I'm sexty.

난 육십 살이 아니야.

난 육감적이지.

- 돌리 파튼(가수, 영화배우) -

인간은 누구나 유년기, 소년기, 청년기, 장년기, 노년기를 거친다. 장년기를 맞는 만 40세부터는 과거의 식습관과 삶의 방식이 질병으로 드러나고 발병률도 증가하는 시기다.

생애전환기 건강검진 시기가 왜 40대인지 알 수 있을 만큼 나이 앞에 숫자 4가 들어서면서 여기저기 아픈 곳도 생기고 무기력해진다.

생애검진주기인 40에 몸에 잠재되었던 병이 드러나더니 수술을 했다. 마흔의 '마'는 마(魔)인가 보다!

일이 잘 안 되게 헤살을 부리는 요사스러운 장애물, 궂은일이 자주 일어나는 때!

극복해 내기 어려운 장벽!

40세의 '사'는 사(死)? 죽을 死?

마흔에 관련된 책도 참 많다. 대부분 내가 읽은 마흔 관련 책은 몸도 마음도 힘든 시기지만 어느 정도 타협하고 늙음을 받아들이고 살자는 '내려놓음'과 '받아들임'의 중간선상의 책들이었다. 마치 《아프니까 청춘이다》와 같은 위로의 책처럼.

(아프면 환자지, 청춘이긴. 흥!)

그런 책들을 읽으면서 나는 힘이 빠졌다. 왜 인생 2라운드를 다시 뛰어 보자고 마흔을 예찬하는 책은 드물지? 화가 났다. 내가 한번 써보고 싶었다. 하지만 내 몸 간수 못한 죄로 골골대고 있었고, 온몸이 아픈 상태에서 무슨 희망의 노래인가.

마치 비만 의사가 홈쇼핑에서 다이어트 약을 팔아대는 모습이 아닌가.

늙지도 젊지도 않은 애매한 중간, 이건 사람도 아니고 짐승

도 아닌 '반인반수'같은 마흔! 아가씨도 아니지만 아줌마 소리
는 또 거슬리는 '어쩌라고' 포지션! 그래서 요즘엔 '젊줌마'라는
용어도 탄생했다. 근데 이 단어도 맘에 들지 않는다.

　한번은 병원에 가니 의사 선생님이

　"아직 젊으시니 관리 잘 하세요."

하는 게 아닌가.

　"40대가 뭐가 젊어요?"

라고 반문하자

　"100세 시대라 이제 생물학적으로 40대면 20대죠 ."

라는 말이 돌아 왔다.

　그러고 보니 맞는 말인 것 같았다. 나이라는 숫자에 스스로
옭아 맨 건 나였다.

　30대에는 어린 아이들 때문에 운동하는 게 40대보다 제약이
따랐다. 그래서 40대에 비해 만큼 열심히 할 수 있는 물리적인 상
황이 조성되지 못했다. 40대가 되고 나니 아이들도 초등학생이
되고 유아 때보다 손이 덜 가서 운동할 수 있는 여유가 생겼다.

　어찌 보면 40대는 늙음을 겸허히 받아들이는 때가 아니라
운동을 시작하기에 딱 좋은 때다(그렇다고 30대나 50대 이후의 나이
에 운동하지 말라는 이야기는 아니다). 아이가 어릴 때 드문드문이라도

아이를 헬스장에 앉혀 놓고 운동한 적이 많았다. 물론 몸은 운동기구에 있어도 눈은 아이를 쫓아야 하니 번잡스럽기 그지없었지만 '의지'만 있다면 못할 것도 없었다.

그런 30대에 비해 40대는 시간적으로, 육체적으로도 체력이 비축되는 시기다. 40대에 체력이 떨어지지 무슨 소리냐고 하는 사람도 있겠지만, 옛말에 "애 볼래? 밭 맬래?" 하면 밭 맨다고 대답하는 것처럼 육아로 소비되는 체력 소모는 정말 어마어마하다.

(누가 나에게 스쿼트 '100개 타들어가도록 할래, 갓난아기 돌볼래.' 하면 난 스쿼트 100개에 20개 더 추가해서 하겠다.)

어느 날, 목욕탕에 가니 이런 대화가 들렸다.

"진짜 어려서 좋네! 피부 팽팽한 거 봐. 자기 다이어트 해? 왜 이리 젊어졌어?"

"무슨요, 언니야 말로 팽팽하지."

뒤돌아 보니 모두 할머니들이었다. 그러니까 대략 70대 할머니가 60대 할머니에게 부럽다고 하고, 60대 할머니는 70대 할머니에게 '언니 피부가 더 좋다'고 주거니 받거니 하며, 우리 선조들의 두레, 품앗이 같은 상부상조의 전통을 목욕탕에서 실천하고 있었다.

50대는 40대를 보고 "내가 40대만 되도 뭔가 시작해 보겠다."라고 한다. 40대가 되고 나니 어린아이를 유모차에 태우고 가는 엄마들을 보면 앳되고 팔팔해 보인다.

그러고 보니 20대 때는 30대가 되는 게 싫었고, 30대 때 특히 39살엔 내년에 40인데 어떡하냐며 미리 우울해했다. 40살 되면 할머니 되는 줄 알았다. 인생 끝난 것처럼 생각했었다.

그러니 오늘이 가장 내가 어리고 젊은 날이다.

40대는 뭔가를 배우기에 절대 늦은 나이가 아니다. 70대가 60대에게 어려서 좋다고 하는데, 그에 비하면 40대면 아기다.

서른 살이 얼마나 아름다웠는지는 마흔이 되어 보아야 알고, 마흔이 얼마나 좋았는지는 50살이 되어 보아야 안다.

40대뿐만 아니라 60대 70대 80대도 늦지 않았다. 30대에 투덜거리는 사람은 40대에도 50대에도 투덜거리고 있을 확률이 높다.

100년 중 1년의 투자는 인생에서 '점'에 불과하다. 하다 실패해도 고작 '점'이다.

미국의 어떤 웹사이트에서 본 글을 공유하고 싶다.

New York is 3 hours ahead of California,

but that doesn't make California slow.

뉴욕은 캘리포니아보다 3시간 빠릅니다.

하지만 그렇다고 캘리포니아가 뒤쳐진 것은 아닙니다.

Someone graduated at the age of 22,

but waited 5 years before securing a good job.

어떤 사람은 22세에 졸업을 했습니다.

하지만 좋은 일자리를 얻기 위해 5년을 기다렸습니다.

Someone became a CEO at 25,

and died at 50.

어떤 사람은 25세에 CEO가 됐습니다.

그리고 50세에 사망했습니다.

While another became a CEO at 50,

and lived to 90 years.

반면 또 어떤 사람은 50세에 CEO가 됐습니다.

그리고 90세까지 살았습니다.

Someone is still single,

while someone else got married.

어떤 사람은 아직도 미혼입니다.

반면 다른 어떤 사람은 결혼을 했습니다.

Obama retired at 55,

& Trump started at 70.

오바마는 55세에 은퇴했습니다.

그리고 트럼프는 70세에 시작했습니다.

Everyone in this world works based on their time zone.

세상의 모든 사람들은 자기 자신의 시간대에서 일합니다.

People around you might seem to be ahead of you

& some might seem to be behind you.

당신 주위에 있는 사람들이 당신을 앞서가는 것처럼 느낄 수

있습니다. 어떤 사람들은 당신보다 뒤쳐진 것 같기도 합니다.

But everyone is running their own race, in their own time.

하지만 모두 자기 자신의 경주를, 자기 자신의 시간에 맞춰

서 하고 있는 것 뿐입니다.

Do not envy them & do not mock them.

그런 사람들을 부러워하지도 말고, 놀리지도 맙시다.

They are in their time zone, and you are in yours.

그들은 자신의 시간대에 있을 뿐이고, 당신도 당신의 시간대
에 있는 것뿐입니다.

Life is about waiting for the right moment to act.

인생은 행동하기에 적절한 때를 기다리는 것입니다.

So, relax.

그러니까 긴장을 푸세요.

You're not late.

당신은 뒤쳐지지 않았습니다.

You're not early.

이르지도 않습니다.

You are very much on time.

당신은 당신의 시간에 아주 잘 맞춰서 가고 있습니다

you를 I 로 바꿔보자.

I'm not late.

I am very much on time!

나는 늦지 않았다.

지금이 딱 좋은 때다.

아이들만 돌보지 말고 내 몸도 돌보자

　내 몸을 바꾸고 싶으면 '투자'를 하면 된다. 간단하다. 주식이든 부동산이든 정보를 찾기 위해 공부를 하고, 발품을 팔고, 내 돈을 투자해야 한다.

　운동도 독서나 유튜브로 정보를 얻고, 헬스장이든 요가센터든 어느 정도의 비용을 투자해야 한다.

　나이가 들면서는 근육의 비율이 줄어들어서 근력운동을 해야 한다고 강조하는 나이기에 개인적으로는 헬스장의 PT를 추천한다.

　PT 비용이 솔직히 저렴하지는 않다. 그래서 많은 사람들이 유튜브를 보고 독학하려 하지만, 사실 유튜브에는 구독자를 끌기 위해 자극적인 내용만 있고 실제로는 도움이 안 되는 잡스러운 영상도 많다. 또 전문가들이 이야기하는 내용은 아직 와 닿지 않을 것이다.

영어 초보인데 마치 영어신문이나 CNN 뉴스 따라잡기 수업을 듣고 있는 달까.

무엇보다도 언어가 아닌 몸으로 하는 운동은 내 몸을 써봐야 하고, 어느 부위에 자극이 오는지 옆에서 바로바로 점검해 주고 코치해 줄 선생님이 필요하다. 즉 내 돈 투자가 필요하다.

누군가는 아이들 교육비도 많이 드는데 쓸 돈이 어디 있냐고 할 수 있다. 하지만 새로 산 30만 원대 전집, 할부로 산 교구의 비용은 어디서 나온 걸까? 어린아이들을 어느 정도 키워 놓고 보니, 애물단지?

그런 전집물과 교구들을 아이들은 기막히게 안 좋아한다. 아이들은 엄마 핸드폰(애들은 또 기가 막히게 개통 안 된 건 안 가지고 논다. 와이파이 터지는 핸드폰을 귀신같이 안다)이나 주방 냄비나 국자를 두들기며 더 잘 논다.

수십 만 원 들여 구입한 영어원서계의 이경영이랄까?

사줬는데 안 본다고 애만 잡을 뿐이다.

그럼 우리 엄마들은 금세 싫증나 버린 장난감을 중고나라에 올려놓고 무수히 찔러보기 하는 진상들을 상대해야 한다.

30만 원 주고 산 전집 15만 원에 올리면 10만 원에 달라는 사람, 새벽 3시에 팔렸냐고 물어보는 사람, 꼭 산다고 하고서는 갑자기 장례식장이라고 며칠 뒤에 온다는 사람….

또 아이들에게 드는 사교육비는 어떤가?

그런저런 돈을 나한테 좀 투자하자. 나는 워킹맘이라 전업주부보다는 상황이 나은 편이었지만, 사실 나를 위해 무언가를 배우거나 할 때 항상 돈이 풍족한 건 아니었다. 돈이 부족하면 아이 교육을 정리하거나 그달에 아이 앞으로 들어갈 것을 나에게 썼다(이기적인 엄마라 해도 할 말은 없다).

내 기준으로 불필요하다고 생각하는 야금야금 돈이 나가는 사교육들은 시키지 않았다.

학습지 몇 과목 12만 원, 주 1회 이런저런 예체능 학원비 등등을 한번 계산해보라. 그런 것들이 40만 원 이상은 될 것이다. 아이가 둘 이상이라면 배는 든다.

또 전집 같은 것도 다른 집들에 비해 많이 사지 않고, 중고로 아주 싸게 구입하고 읽히면 다시 되팔고 해서 그 돈으로 다른 책을 사주고 했다.

엄마가 행복해야 아이도 행복하다.

아이들에게 교육비로 많은 투자 했는 데도 애가 열심히 안 한다고, "내가 너 때문에 희생하는데…. 너 학원비가 얼만지 아냐? 엄마가 전집 사줬는데 왜 안보냐?"해봤자 혼자 속 타는 건 엄마고 황당한 건 아이일 따름이다.

경험을 몇 번 해보니 부질없다는 걸 많이 느꼈다. 다 부질없다는 생각이 40대가 되어 내린 결론이다. 그보다 아이들만 돌보지 말고 엄마인 나를 먼저 돌보아야 한다는 생각을 하게 되었다.

아이들을 돌보려면 엄마가 건강해야 한다. 아프지 않아야 한다. 몸도 마음도 말이다. 아프면 아이 공부 봐 주기도 힘들고, 집안 살림도 엉망이 된다. 말도 뾰족하게 나온다. 짜증은 집안 살림 구석구석을 파고든다.

엄마인 내가 건강해야 아이들도 건강하고 밝게 큰다.

모든 운동이 그렇겠지만 근력운동은 초반엔 전문가의 밀착 코칭이 필요하다. 다양한 기구 사용법도 익혀야 하고, 코치의 다년간의 경험에서 나온 비법도 배울 수 있다. 그리고 웨이트 트레이닝은 자칫하면 부상을 당할 수 있어서 올바른 자세를 제대로 배워야 한다. 또 엄한 곳에 자극을 줄 수 있어서도 그렇다 (가령 스쿼트를 하는데 허벅지만 아프다든가).

운동 레슨을 받는 것 외에 내가 운동하는 시간도 나에 대한 투자다. 나만의 시간.

꼭 근사한 여행지를 간다거나 호캉스를 하거나 카페에 가는 것만이 나만의 시간은 아니다. 헬스장에 가든 요가를 하든 오롯이 나 홀로, 나를 위해 하는 모든 것이 내 인생에 투자하는 것이다.

사실 운동의 효과는 몸과 건강도 좋아지게 하지만 정신적으로도 너무나 좋다.

요즘 과자값이 참 비싸다. 그 가격에 들어 있는 양은 얼마 되지 않는다. 우스개 소리로 질소를 샀더니 과자가 덤이라고 하지 않는가.

살도 덤이다. 불쾌한 덤. 그 질소 같은 살을 빼버리자.

육아는 끝이 없다. 남편은 일에 대한 대가가 통장에 찍히지만, 주부는 무형의 대가도 없는 노동으로 보람도 없고, 통장에 찍히는 돈도 없다. 그러다 보면 자존감도 낮아지게 된다.

그래서 현실에서 할 수 있는 방법을 찾아보자.

치킨에 마카롱 그만 먹고 몸무게를 갱신하며, 다이어리에 체중 어플 운동에 대한 '대가를 찍어보자.'

20대 때 꺄르르 웃으며 모든 게 즐거웠던 때, 친구들과 만나서 자유롭게 놀고 연애도 하던 때와 다르게 하루 종일 집안일에 육아에 매여 있다 보면 이놈의 결혼 뭐하러 해서 이렇게 헬 육아를 겪고 있는지 모르겠다는 생각마저 든다.

　이 글을 쓸 즈음 나는 아이 둘을 데리고 여행을 했다. 바닷가에서 풋풋한 20대들이 샤랄라한 원피스를 입고 세상에 고민 없다는 듯 폴짝폴짝 뛰며 셀카를 찍는 동안 나는

　"어어~ 엉덩이 다 젖는다."

　"야! 깊이 들어가면 안 돼!"

　"야! 이 쉐키들아! 모래 엄마한테 뿌리지 마."

하고 있었다.

　화가 안 날 수가 없다. 그래서 나를 돌본다. 뭘로? 운동으로!

　운동을 하면 마음속에 '화'가 키워지는 게 아니라, '화초'가 자란다.

Chapter 2

내 사전에 작심삼일은 없다

생각만 하는 사람, 생각을 실현하는 사람

"하려면 하시고, 아니면 그냥 하지 마세요."

삼성전자에 근무하는 영어시험 점수가 별로인 한 사원이 나에게 평소 육아와 업무로 공부할 시간이 없다고 했을 때 나도 모르게 속마음이 입으로 나왔다.

모든 일이 그렇지만 영어를 가르치다 보면 많은 학생들이 대부분 같은 말을 한다.

영어는 잘 하고 싶은데, 시간이 없고 할 일이 많다고.

안 그런 사람을 찾아보기가 더 어렵다. 그 사원이 저 말을 했을 당시에는 나도 일하랴 애들 키우랴, 식단까지 더 혹독하게 짜가며 매일매일 전력을 다해 운동하고 다이어트를 진행하고 있던

터라 하루하루가 기진맥진한 상태였다. 이런 상황에서 저런 말을 들으니 '아, 또 레파토리 시작이구나'하는 생각이 들었다.

영어를 잘 하고 싶고 점수도 따고 싶은데 주변 상황과 시간 부족을 탓한다면 그것은 열심히 하는 다른 사람에 대한 예의가 아니다. 더 바쁘고 힘든 상황에 있는 사람들도 묵묵히 공부해서 원하는 목표를 달성하는 것을 지켜보았다.

부자에게든 가난한 사람에게든, 남자든 여자든 모든 사람에게 하루는 24시간이다. 공평하게 주어진다.

누구는 시간이 넘치고 할 일이 없어서 영어 공부를 하고 운동을 하고 다이어트를 하는 게 아니다.

또 다른 대기업 직원 한 분이 기억난다. 당시 내 클래스에서 가장 실력이 뛰어난 분이셨다. 다른 직원들은 수업시간이 되어야 입장하는 것과 다르게 그분은 언제부터인지 모르지만 다른 방에서 이어폰을 꽂고 영어 공부를 하고 계셨다.

궁금함에 대화를 나누어 보니 아침에 전화 영어 수업을 10분 정도 하고, 따로 책을 본 후 내 수업에 들어오신다고 했다. 그 분은 나중에 영어 덕을 톡톡히 봐서 원하던 곳으로 해외 이직을 하시며 감사 인사를 해주셨다.

또 모 기업에 다니는 한 과장님은 술 자리 대신, 주 2회 온라인으로 화상 수업을 나와 밤에 진행하면서 자기계발을 하셨다. 간혹 어린 아들이 방문 열어 달라며 소리 지르고 두들기는 소리가 들려서 웃었던 기억이 난다고 했다.

또 다른 기업의 상무님은 공휴일에 지도받기도 했다.
"휴일인데 안 쉬세요?"라고 물으니
"그냥 어제 다음날일 뿐이죠. 휴일이 따로 있나요? 저한테는 큰 의미 없습니다."라고 하시며 수업을 받으셨다.

그러면서도 하루도 빠지지 않고 운동, 영어 공부, 업무, 게다가 자녀도 챙기는 열정적인 모습을 보이셨다. 새벽 5시에 일어나서 운동을 하시고 출근을 해서 영어 수업을 받고 바로 회장님을 뵙고 미팅을 하는 모습을 보면서 이른바 잘 나간다는 사람들의 생활태도를 배울 수 있었다.

기업 강의에서 원하는 목표의 점수를 취득하고 이루어내는 분들을 보면 같은 24시간이라도 남들보다 좀 더 세밀하고 부지런히 활용하는 공통점이 있다는 것을 알게 되었다.

게다가 그분들 대부분은 새벽에 일어나 운동으로 아침을 시작하는 분들이었다. 피로하지 않으시냐고 물어보니 오히려 운동을 못한 날에 몸이 더 찌뿌둥하다고 하셨다.

나는 하소연하는 예의 사원에게 다시 내 마음을 전달했다.

"이 영어시험 점수가 고과에서 차지하는 비율이 높고, 진급에도 영향이 크니 피할 수 없잖아요. 어차피 해야 해요. 들어 보면 안 바쁜 사람 없어요. 살 빼고 싶은데 먹는 건 조절하지 못하겠고, 먹고 싶은 거 다 먹고, 일주일에 한두 번 운동 가서 설렁설렁 하는 거랑 다를 거 없어요.

저한테 수업 든다고 해서 저절로 점수 안 나와요. 저는 코치일 뿐이고 직접 뛰는 선수는 본인이세요. 본인의 의지와 노력이 있어야 되요. 그래서 하려면 하고, 그렇지 않으면 그냥 접어야 한다고 생각해요."

그 분은 다소 강하게 말하는 내 말에 순간 멈칫했지만 잠시 생각하시더니 "저, 해볼게요."라며 의욕을 보였다.

《알면서도 알지 못하는 것들》의 저자 김승호 회장은 다른 회사를 인수할 때 그 회사 사장의 태도나 건강을 평가하고, 승진시킬 때도 건강을 기준으로 한다고 한다. 조직의 책임자가 병원을 자주 들락거린다는 소문이 들리면 재고해 본다. 그는 '건강은 사유의 반영'이라고 말한다.

내가 가르치는 일을 하고 있어서 그런지 이 부분에서 뜨끔해졌다.

본인 몸도 안 좋은 트레이너가 운동을 알려주는 걸 보면 신뢰가 가지 않고, 비만인 한의사가 TV에 나와 다이어트 한약을 파는 걸 보면 그 좋은 약을 본인은 왜 안 먹고 있는지 의심이 가고는 한다.

《생각만 하는 사람, 생각을 실현하는 사람》,《배움을 돈으로 바꾸는 기술》등을 집필한 저자이자 일본의 유명한 치과의사인 이노우에 히로유키는 직원을 채용할 때 운동을 열심히 하는 사람에게 호감을 느낀다고 하였다. 그는 이렇게 말한다.

"운동에는 육체뿐 아니라 정신적으로도 강인함이 요구됩니다. 운동을 하다 보면 자신의 진정한 힘과 맞닥뜨리게 됩니다. 재능 부족, 노력 부족이라며 회피하는 것은 허용되지 않습니다.

그런 체험을 하면서, 인생은 자신의 힘으로 살아갈 수밖에 없다는 사실을 강렬하게 자각하게 됩니다."

사실 그 사원에게 저렇게 강하게 말했을 당시 나도 여러 가지로 힘든 시기였지만 운동을 열심히 하던 때였다. 그런데 정신은 그 어느 때보다 맑고 또렷하고 강했다. 그래서 그런지 강사들 중에서 가장 큰 성과를 올려 목표 초과 달성이라는 성과를 올렸고, 많은 학습자들의 영어점수를 높여 진급을 하는 데 일조하여 감사 인사를 넘치게 받았다.

몸이 강해지니 일하는 데도 동력이 생겼다.

일이 잘 안 될수록, 고민이 있을수록 웅크려 있지 말고 가벼운 걷기부터 시작하거나 무엇이든 몸을 움직여 보기를 추천한다. 살도 빠지고, 하는 모든 일이 잘 풀릴 수 있도록 만들어 주는 데다가 가장 빨리 실천할 수 있으면서도 돈조차 들지 않는 유일한 방법이다.

"나쁜 습관을 바꾸고 폭식이나 과식을 금하고
술·담배를 절제하며 집안 출입을 일정하게 하고
함부로 사람을 사귀지 말고
가족을 먼저 보살피고
지나치지도 모자라지도 않은 운동을 하고
청결한 위생 상태를 유지해야 한다.
실제 삶에서 균형을 잡지 못하면

그가 가르치는 모든 것은 허상이 된다.

내 몸 하나 다스리지 못하는데

그 가르침을 어디에 쓴단 말인가! 그것은 사기다.

선생인 사람들은 이 충고를 진지하게 받아들이고

선생을 찾은 이에겐 이 충고가 기준이길 바란다."

- 김승호 회장 -

한 번쯤은 독해지자

바쁘기로 둘째 가라면 서러운 김미경 강사의 유튜브 클립에서는 다이어트에 세 가지 독이 필요하다고 한다. 김미경 강사의 그 유튜브 클립을 보고 나서 나의 생각과 너무나도 같아 공감되었다.

첫 번째는 '독종'이 되라.

다이어트를 하려면 독종이 되어야 한다고 한다. 하루 종일 강의와 업무로 바쁜 김미경 강사는 운동 못가는 날은 밤 12시에 회사 근처를 계속 뛰면서 그 규칙을 100일간 반드시 지켰다고 한다.

나도 다이어트 목표를 잡은 후에는 곧 죽어도 세운 규칙을 지키려고 노력했다.

일과 육아 등 모든 내 할 일을 마치고 늦은 시간에 헬스장에 가서 운동을 했고, 시간이 안 돼서 헬스장에 못가는 날은 공원에 가서 그날의 할당량을 채웠다.

두 번째는 '독설'을 하라.

흐트러지는 나에게 독설을 하라고 한다. 김미경 강사는 부대찌개를 먹고 싶을 때는 본인 머리를 쥐어 박아가며 먹지 말라고 스스로에게 독설을 하고, 아몬드 15알도 한 알 한 알 소중히 먹으며 스스로를 꾸짖었다고 한다.

사실 나도 나에게 채찍질을 한다.

'네 배를 봐라! 입맛이 도니? 그래, 먹고 내일부터 하자. 내일부터 하자 하다가 이렇게 관 뚜껑 닫는 날 오지. 그러면 관 뚜껑 닫으면 되지, 뭐. 그렇게 막 살래?'

라는 말로 나에게 독설을 날렸다.

사람들이 하는 말의 속뜻은 이런 것이라고 생각했다.

"아냐, 딱 좋아!" ☞ '좀 뚱뚱하지만 내 알 바 아니야.'

"그만 빼, 무리하지 마." ☞'너만 날씬해지겠다고? 그럴 순 없지!'

"복스럽고 좋은데." ☞사실 '넌 돼지야.'

"우리 나이 때는 살이 잘 붙는 게 정상이래." ☞'나이 탓으로 돌리면 편하다. 동지여, 이렇게 같이 찌자.'

　　누구도 남에게는 신랄한 비판을 하지 않는다. 나이가 들면서 그래봤자 사이만 벌어지고 좋은 소리는 못 듣는다는 것을 경험으로 알기 때문이다. 내 몸도 아니고 내 인생도 아닌데 그냥 괜찮아, 토닥토닥하며 위안을 주는 게 독설을 하는 것보다 안전하기 때문이기도 하다.

　　누구보다 현실을 잘 알고 있고 변화해야 한다고 인지하고 있는 사람은 본인이다.

　　그래서 현재의 자신의 상태를 예리하게 파악하고 스스로 독설하고 채찍질해야 한다.

　　셋째, '독학'하라.

　　사람마다 체형·식습관·좋아하는 운동이 다 다르다. 어떤 사람은 요가나 필라테스를 좋아하고, 어떤 사람은 스피닝을 신나게 한다.

나의 경우는 여러 운동을 다 해봤지만, 그중에 근력운동이 제일 맞았다. 에너지를 뿜뿜 솟아나게 하고, 말 그대로 body를 building해 주는 것이 신기하고 경이로웠기 때문이다.

요가, 필라테스, 스피닝, 복싱, 크로스핏 등의 운동에 발을 담가 봤지만 나라는 사람이 좋아하고 오래 할 수 있는 운동은 웨이트 트레이닝뿐이었다.

많은 사람들이 살 빼는 운동에 대해 본인의 경험을 이야기하지만 다 나에게 적용되는 것은 아니다. 답은 이것저것 시도해 보고 나한테 어울리는 것을 찾아 '꾸준히, 지속적으로' 하는 것이다.

세 가지 '독'은 내 몸에, 내 마음에 해로운 독이 아닌 독한 정신력과 강한 몸을 선물로 주었다. 이 독한 마음은 운동과 다이어트뿐만 아니라 인생 전반에서 무언가를 시도할 때 가져가야 할 것이라고 생각한다.

영어 공부를 하든, 자격증 취득을 하든 독종 · 독설 · 독학이 가장 중요하다.

목표를 만들고 한 번쯤은 독해질 필요가 있다.

꿈이 현실로 이뤄지는 개와 늑대의 시간

　프랑스 사람들은 해가 기울며 땅거미가 내려 앉아 사물의 실루엣이 흐려져 저 멀리서 오는 것이 개인지 늑대인지 분간할 수 없는 그 저녁 어스름을 '개와 늑대의 시간'이라고 한다.

　우리도 이 어둑어둑한 개와 늑대의 시간을 잘 버텨야 한다.

　잘 버티면 늠름한 개든 늑대든 뭐 하나는 될 것이고, 못 버티면 '돼지와 곰'의 시간이 될지도 모른다.

TIME STAMP

2019년 10월 29일 (화) 오후 11:03　**야밤에 공원을 달리던 한 때**

다이어트와 영어 공부의 공통점

1. 미쳐야 미친다.

비가 와도 운동하러 갔고, 너무 배고파서 밥 먹을 시간인데도 운동을 놓치면 안 된다는 일념하에 차 안에서 우유를 벌컥벌컥 들이키고, 계란을 까먹으며 지각을 해서라도 나갔다.

한 번은 계란을 허겁지겁 차 안에서 먹는데 지나가는 어떤 사람이 날 이상하게 쳐다봐서 민망한 적이 있었다.

마음이 헤이해질 땐 이랬다.

아! 10분 늦었네. 비오네. 눈오네. 너무 춥다. 내일부터 가야지.

다음 주부터 가야지.

어! 이 달은 행사가 많네. 어차피 살찔 거 같은데 다음달부터 가야지.

하지만 빠릿빠릿할 땐 이랬다.

추울 때 : 몸 굳기 전에 녹여 줘야지. 이럴 때 운동해야 살이 빠진대.

더울 때 : 여름에는 살이 두 배로 빠진대.

영어 공부도 이러하다.

기업에서 성인들을 여러 차례 가르치며 발견한 패턴은 다음과 같다.

회식이 있어서 빠지고, 야근 때문에 빠지고. 영어 공부하겠다고 야심차게 도전했다가 일주일 지나면 자리가 비기 시작한다.

하지만 왕초보라도 놀라운 결과를 보이는 사람은 묵묵히 공부한다.

전에 'My name is…' 정도의 구사력만 지닌 직원 분이 있었다. 그 분이 오픽 시험에서 제일 놀라운 성과를 보여 주셔서 물어 보니 집에 들어가면 아이들 때문에 영어 연습에 방해가 돼서 차 안에서 녹음하고 듣고 암기하고 했는데, 자기도 자기 성적에 놀랐다고 하셨다.

2. 언제 어디서든 숙제를

운동은 PT 받을 때 말고도 복습이 필요하다. 혼자 이렇게 저렇게 숙제를 해봐야 한다. 그리고 집에서의 식사 조절도 숙제다.

영어도 그러하다. 강의를 들으면 뭐하나. 금세 휘발되는데.

쓰자! 노트에 적든, 핸드폰 화면에 적든, 가족에게 써보든, 벽보고 혼자 이야기하든 써 봐야 한다.

3. 몇 개월 완성에 속지 말자.

다이어트. 너무 힘들지.

유혹에 넘어가 다이어트 약을 먹었다.

생리가 미뤄지고, 잇몸이 붓고, 심장이 뛰고, 짜증이 났다. 내성이 생기니 식욕도 그저 그렇다.

운동으로 수분만 빠지니 결국은 라인이 퍼지고 얼굴은 늙었다.

수분과 근육이 빠지는 거지, 지방이 빠지는 게 아니다. 몸무게가 아니라 눈바디(눈과 체성분 분석기 '인'바디의 합성어로, 체중계상의 몸무게보다 거울에 비친 몸의 변화를 스스로 체크한다는 신조어)가 중요하다.

영어도 그러하다.

단기 완성, 무슨 비법? 그런 거 없다.

영어로 먹고사는 나도 몇 주 안 쓰면 버벅거린다.

트레이너들도 그런다. 2주 안 하면 몸이 풀어진다고. 물론 기본 가닥은 남아 있을 게다. 하지만 몸이 달라지는 걸 그들은 느낀다.

영어강사들도 늘 고민을 한다.

로버트 할리도 그런 말을 했다. 한국에 오래 살았더니 영어 다 까먹었다고. 모국어가 영어인 사람이 그럴진대, 모국어가 한국어인 강사들은 더할 게다.

그런데 어떻게 단기 완성이란 게 있을 수 있을까?

그건 운동으로 살을 빼지 않고, 다이어트 약에 의지하는 거와 마찬가지다.

4. 재밌어야 한다.

지치지 않아야 한다. 재밌어야 한다.

한 운동이 슬슬 익숙해지니 몸도 다른 변화를 원해 복싱학원을 찾았더랬다.

심박수가 단 몇 초만에 올라가서 몇 분만 하면 땀이 막 흐르고 숨이 가쁘다.

TV에서 메이웨더의 경기를 보고, 아니 뭔 선수가 저 몇 분 뛰고 헐떡거리나 했는데 장난 아니다. 복싱의 운동량.

　　운동하고 식단 좀 줄이면 어마어마하게 빠질 것 같다. 하지만 개인적으로 센터에 다시는 나가고 싶지 않을 만큼 센터 가는 날이 지겹고 두려웠다.

　　운동을 좋아하던 내가 복싱으로 인해 좀 겁을 먹었다고나 할까. 각자에게는 맞는 운동이 있다. 영어도 재밌게 배워야 한다.

　　일단 너무 빡세고 힘들면 가기가 싫어진다. 그렇게 학원을 한 번 두 번 빠지면 뻘줌해서라도 쭈욱 안 나가게 되어 있다.

　　과도한 숙제는 아이들이나 어른이나 영어로부터 달아나게 한다. 어차피 영어는 과목이 아니라 생존의 수단인데, 평생 함께할 친구로 생각하고 즐겁고 질리지 않게 가야 한다.

　　결국 나는 적당히 힘들고 재밌는 나에게 맞는 운동으로 다시 돌아왔다.

다이어트 메타인지

"공부에 아직 취미를 못 붙여서 그렇지, 우리 애가 머리는 좋거든요."
라고 하는 학부모들을 수업하면서 빈번하게 만난다.
아이의 성적이 하위권인 학부모님들이 매뉴얼처럼 하는 말씀이다.

공부를 못하는 학생들은 매뉴얼이라도 있나 보다.
"그거 저 다 알아요."
"다 배운 건데, 그건 너무 쉬워요."
그러나 설명해 보라고 하면 우물쭈물 하는 게 태반이다.

"전 연대 갈려고요."

라고 하는데 현실은 지방대도 힘들다.

그런 학생들을 보면 순진해 보여 귀엽기도 하지만 솔직히 말
하면 걱정이 된다.

반면 공부 잘하는 학생은 자신을 정확하게 판단하고 있다.

그들의 부모님들도 마찬가지다. 단골 멘트는 이렇다.

"머리가 좋으면 뭐해요. 이 시간에도 눈에 불을 켜고 하는
애들이 얼마나 많은데요. 겸손하게 노력을 해야죠."

"선생님, 저는 이 부분을 배웠어도 이해가 안가서 검색도 해
보고 인강도 봤는데 그래도 완전히 이해가 안가요. 한 번 더 설
명해 주세요."

"새벽까지 다시 보고 복습했는데, 그래도 잘 모르겠어요."

심리학에 '더닝 크루거 효과(dunning-kruger effect)'라는 것이
있다. 능력이 없는 사람은 자신을 과대평가하는 반면, 능력이
있는 사람은 자신의 실력을 과소평가하는 편이라고 한다.

영어를 가르치면서 '근자감(근거 없는 자신감)' 있는 사람들을
종종 보는데, 그들은 본인은 할 만큼 공부했고 다 안다고 생각

한다. 그런데 실력은 그 자리다. 이야기를 들어보면 온갖 강의나 책, 인터넷 정보를 강사보다도 더 많이 알고 있는 것 같은데 까보면 그렇지가 않다.

그냥 정보 collector일 뿐이다.

다이어트 중인데도 살이 안 빠진다고 하소연하는 사람들을 보면 그럴만한 이유가 있다.

"저 밥 진짜 많이 안 먹거든요."

라고 하는데, 그건 본인의 기준일 수도 있다. 다이어트는 간단한 산수다. 몸에 많이 들어가면 찌고, 덜 먹으면 빠지게 되어 있다.

전에 트레이너가 가르치던 한 회원이 매일 닭가슴살을 먹는데 몸무게가 줄지 않는다며, 투정을 부렸다고 해서 알고 보니 닭가슴살을 매일 먹긴 했단다. 라면 끓일 때 넣어서.

한 번은 다이어트 프로그램에서 한 의뢰자의 집에 감시 카메라를 달아 놓고 관찰을 하니 아침에 씨리얼만 먹었다던 의뢰자가 씨리얼 한 박스를 한 번에 부어 그 자리에서 다 먹는 모습이 카메라에 잡혔다.

공부에서도, 다이어트에서도 메타인지가 중요하다.

메타인지의 사전적 의미는 '자신의 인지 과정에 대해 생각하여 자신이 아는 것과 모르는 것을 자각하는 것과 스스로 문제점을 찾아내고 해결하며 자신의 학습 과정을 조절할 줄 아는 지능과 관련된 인식'이라고 정의하고 있다. 간단히 말해서 '나 자신을 아는 것'이다. 조금 더 강하게 말하면 '주제 파악' 능력을 말한다.

바나나가 다이어트에 좋다고 야생 원숭이처럼 먹고, 황제 다이어트를 한다며 씨름 선수들 회식하는 날마냥 고기로 입 안을 기름칠 하진 않는지 생각해봐야 한다.

상사에게 치여 '열심히 일한 나에게 주는 소확행^(작지만 확실한 행복)'이라며 케이크와 카라멜 프라푸치노를 다이어트 식단에 넣지는 않는지, 아이들 재우고 치킨에 맥주로 '힐링' 정도는 괜찮다고 스스로를 위로하진 않았는지도 생각해봐야 한다.

추천해 주고 싶은 것은 이것이다. '기록을 하라.' 뭘 먹었는지 그때그때 기록하는 것이다.

나는 다이어리에 몸무게와 함께 먹은 걸 기록했다. 어김없이 몸무게가 올라간 다음날에는 전 날 기록을 보면 확실히 이것저것 먹어서 몸무게가 늘은 것이었다.

초반에는 이랬다. '운동했으니 이정도 보상은 괜찮아.'하면서 운동 후 초콜릿을 먹고, 대구포는 살 안 쪄. 맥주 3캔도 아니고 겨우 반 컵인데 뭘….

　아이를 재우고 나만의 시간을 가진다며 살금살금 발끝 세워 방을 탈출하여 새우깡을 혀끝으로 사르르 녹여서 먹으면서 '내 몸이 모르겠지'한 적도 있었다.

　몸은 정직하다.

　몸은 속이지 못한다.

　메타인지를 하라. 매일 먹은 기록을 블로그든 노트든 핸드폰 다이어리든 메모를 하라.

　내 경우 노트에 적다가 노트를 매일 들고 다니기 번거로워 핸드폰 달력에 기록했다.

　밥을 먹으며 다이어트했지만 밥 이외의 간식이나 술이 좀 들어가면 빼났던 몸무게가 도돌이표가 되었다. 운동을 매일 했음에도 불구하고 그랬다.

　현재는 좀 먹어도 몸무게가 크게 변동이 없는 상태가 되었지만, 한참 다이어트를 해야 할 시기에는 내 자신이 얼마나 먹는지 알아야 하고 그것을 알려면 기록을 해보면 된다.

　자신에 대해 냉철한 메타인지가 필요하다.

다이어트와 전기충격기

"제가 아내한테 화를 내고 후회하고 또 화 내고를 반복하는데 어찌할까요?

"아이한테 화를 자주 내는데 어떻게 고쳐야 하나요?"

법륜 스님은 이렇게 묻는 사람들에게 전파상에 가서

첫째, 전기충격기를 산다.

둘째, 화를 낼 때마다 스스로 전기충격기로 지지고 한 번 까무러쳐라.

셋째, 그걸 다섯 번 반복하면 전기충격기가 무서워서라도 안 하게 된다.

청중들이 박장대소를 했지만 정작 고민 상담자들은 고민이 풀리지 않은 눈치다. 스님이 하시고자 하는 말씀은 무슨 뜻일까?

스님은 사람의 본디 습관과 행동은 바꾸기가 정말 힘든데 한 번 죽었다 살아나야 한다고 하셨다. 그러자니 진짜 죽으라고 할 수는 없고 그 대체가 전기충격기였다.

스님은 친구 이야기도 들려 주셨다. 스님의 친구 분 중 한 분이 담배와 술을 많이 하고 간경화로 병원 신세를 지며 딸이 간 이식을 해준 이후로 일절 술과 담배를 하지 않는다고 하셨다.

이렇게 사람의 성격과 습관, 행동 패턴은 바꾸기가 어렵다.

식욕 통제도 그렇다. 점심까진 깨끗한 식단으로 간식도 안 먹다가 밤이 되면 자기도 모르게 배달의 민족 어플에 손이 간다. 그리고 홀린 듯이 결제를 한다.

'진짜 내일부터는 다시 다이어트야!'

그놈의 내일부터가 벌써 10년째다. '오늘'만 살 것처럼 먹어 놓고 '내일'을 기약한다. 나란 사람은 이런 반복을 숱하게 했다.

"괜찮아! 맛있게 먹으면 0칼로리래."

라는 친구의 지지도 얻으니 뭐 괜찮은 듯하지. 이 무한 반복을 극복하기까지 살빼기가 쉽지 않다는 걸 무수히 느껴왔다.

5일 동안 식단을 잘 지키고 운동까지 잘 했는데, 한두 끼 잘 먹으면 5일간의 노력이 물거품이 되는 마법같은 경험!

어느 날, 간식도 먹지 않고 식단도 잘 지키고 저녁에 만보 이상을 걷고 자전거도 탔다. 그리고 이 정도는 괜찮겠지 하며 아이스크림을 먹었더니 다음날 체중이 오히려 늘어 있었다.

그 하루의 노력이 아이스크림 하나로 무너졌다. 물론 체중계의 숫자가 전부는 아니지만, 그래도 빠지기는 커녕 오히려 늘었다는 것이 참 허무했다.

죽어라 달리기를 해도 빠지는 양은 고작 300kcal다.

한 달에 3kg 빼는 것은 쉬운 게 아니다. 식단, 유산소 운동, 근력 운동을 꾸준히 해야 한다. 거기서 한 끼만 거하게 먹어도 바로 몸무게는 리셋(re-set)된다.

'내가 그동안 어떻게 뺐는데…. 다시 또 리셋이구나. 또 죽어라 운동해야 하는구나.'

이것이 나에겐 전기충격기와 같았다. 쉽게 번 돈은 쉽게 써지고, 어렵게 번 돈은 쓰기도 힘들다는 말처럼 살 빼는 게 어려운 것을 알기에 다시 돌아가고 싶지 않아 몸을 사리게 되었다.

지금 먹으면 당장은 배부르고 좋지만, 내일은 부은 얼굴, 더 부룩한 배, 늘어난 몸무게에 아침부터 짜증이 올라 올 것이다.

남은 음식이 아깝다고 엄마들은 하나 더 집어 먹게 되는데, 그 '하나 더!'가 러닝머신 30분 추가다. 그래서 나는 반찬끼리 섞어서 손이 안 가게 한다. 그리고 개수대에 빨리 쳐 넣는다. 아깝다고 먹고, 애들이 남겼다고 먹은 후 다이어트에 좋다는 보조제에 돈을 쓰는 것보다 차라리 버리는 게 낫다.

물론 아주 간혹 무너지는 날이 오기도 한다. 그럴 때는 먹은 건 잊고 두 배로 운동한다. 러닝머신에서 다리가 저리도록 뛰는 거다. 발바닥이 불타도록 달리는 거다. 그러고 나면 내가 어제 먹고 왜 지금 이 개고생인가 싶어지는 순간이 온다.

'이것이 나에겐 전기충격기다. 이거 먹을래? 러닝머신 죽도록 타고 까무러칠래?'

지방 1kg = 900kcal

운동으로 하루 300kcal × 30일

30분간 줄넘기를 하거나 러닝머신에서 30분간 시속 10km로 달려봐야 고작 300kcal를 소비한다. 하지만 콜라 한 컵은 96kcal, 피자 한 조각은 200~400kcal이다.

두 개 먹으면 300~500kcal다.

저 정도 먹고 죽어라 숨차도록 달려야 하느니 음식을 포기하든가, 아니면 음식을 먹고 죽도록 달리고 까무러치든가.

선택은 항상 내가 한다.

부끄럽다, 슬럼프

재밌는 만화로 표현했지만 이게 내 일상이었다.

그 가운데 육아도 포함되어 있었다.

　　근육통으로 안 아픈 날이 없었고, 일어나면 두 아들 아침 먹이고, 학교에 보내면 곧바로 일 나갈 준비. 돌아오면 육아에 아이들 교육. 그때는 너무 힘들어 비비크림을 손바닥에 비벼 세수하듯 얼굴 전체에 문대고 틴트만 바르면 끝인 1분 메이크업을 하고 출근했다.

　　어느 날, 왜 이런 맷돌같은 무게를 들고 헬스장에서 노역을 하나 싶어 다 집어던지고 헬스장 밖으로 뛰쳐나가고 싶은 순간이 왔다. 내 돈 쓰고 이 뭔 개고생이람. 가족들 맛있는 거 먹을 때 라면도, 빵도, 과자도 마음껏 못 먹고. 그런데도 몸무게는 팍팍 줄지 않고 오히려 늘었던 때는 분노했다.

　　일＋육아＋다이어트.

　　철인3종 경기보다 더 한 지옥 3종세트!

　　다른 사람들은 살이 잘만 빠지는 것 같은데, 나만 안 빠진다는 생각에 괴롭고 짜증만 났다. 너무 힘들어서 '안 할래. 온몸이 아파.'하며 운동 안 할 구실을 찾기에 바빴던 날들이었다. 심하게 마음과 몸으로 운동을, 다이어트를 거부하고 있었다.

　　천천히 하면 되었겠지만 바디 프로필 촬영이라는 목표를 앞두고 시간은 가는데 몸무게는 그대로고 몸만 맞은 듯 아파서, 하루는 운동이고 뭐고 그냥 누워서 스마트폰만 쳐다보고 있었다.

이것저것 보고 있다가 정말 몸매가 환상적인 한 여성을 발견했다. 피트니스 선수였는데 알고 보니 장성한 아이 둘을 키우는 40대였다. 잘록한 허리 라인과 외국 여성같은 풍성한 골반과 볼륨 있는 힙은 믿을 수 없을 만큼 예술적이었다. 그야말로 이 세상 사람의 몸이 아니었다.

백은경 선수! 어떻게 하면 저런 아름다운 몸을 만들 수 있나? 혹시 운동법이 나와 있나 검색을 더해 보니 백은경 선수의 어린 시절 기사가 있었다.

그녀는 8살 때 문구점에 가다가 동네 공장 앞에서 모래를 가득 실은 10톤 트럭에 치여 오른발 앞부분이 통째로 잘려나갔다. 그렇게 절름발이가 되어 뒤뚱거리며 걸어야 했고 통증이 심해 항상 붕대를 감고 살아야 했다. 당연 남의 시선이 신경 쓰였던 백 선수는 신발 벗는 식당은 아예 가지도 않고, 결혼 후 남편에게도 7년 동안은 발을 보여 주지 않았다고 한다.

그러다 보디빌딩 지도자 자격이 있는 남편의 도움으로 웨이트트레이닝을 시작했더니 조금씩 몸에 변화가 왔으며, 심지어 죽었던 오른발 신경이 살아나기까지 했다. 백 선수는 웨이트를

시작한 후 발에 대한 콤플렉스도 사라지고 생활에 활력도 찾았
다고 한다. 그 후 각종 보디빌딩 대회에서 1, 2위를 휩쓸게 된
다. 장애를 극복하고 아름다운 몸을 만든 백은경 선수 이야기를
나는 누워서 보고 있었던 것이다.

　백은경 선수는 블로그를 하고 있었다. 나는 무작정 블로그를
통해 연락을 했다. 친절하게도 백은경 선수가 나에게 전화번호
를 묻더니 전화를 주셨다. 그리고 한 시간 넘게 운동에 대해 궁
금한 점, 조언, 운동법, 노하우 등을 아낌없이 전달해주셨다. 정
체기에 있는 내 상태를 어찌 아셨는지 아무말도 하지 않았는데

먼저 알아 맞춰 주셨다.

　역시 프로는 프로였다. 내 심리 상태, 앞으로 나아갈 방향, 노하우 등을 일면식도 없는 나에게 직접 전화로 전수해 주시니 몸둘 바를 몰랐다.

　그때, 구하고자 하면 구해진다는 말이 맞다는 것을 다시 한 번 경험했다.

　첫 책《엄마의 공부방》을 쓰기 전, 공부방 창업을 하고 부침이 있을 때 책으로 위안을 받고 마음을 다잡았었다. 그때 읽은 책을 통하여 곽정식 작가와 인연을 맺었고, 직접 만나 여러 아이디어와 용기를 얻었다.

　그 이후 공부방은 나름 번창하여 '나도 곽정식 작가님처럼 책을 써야지.'라는 생각을 하게 되었고, 결국 책을 출판하였다. 책을 읽고 독자들에게 받은 메일이나 안부 연락에 책 쓰는 즐거움을 느꼈다. 한 번은 내 책을 읽고 곽 작가님과 나의 인연 에피소드 부분에서 마음의 울림을 받았다는 한 독자의 연락이 있었다.

　그 독자님은 내 책을 읽고 언젠가는 작가가 되겠다는 꿈을 꾸게 되었다고 하셨다. 책이라는 매개체로 우리는 인생에 접점이 없던 귀인들을 직접 만날 수 있다는 걸 내 일화를 통해 느꼈다고 한다. 그리고 독서를 자기 만족으로 그친 게 아니라 적극적으로 활용하는 나의 모습에 인사이트를 받았다고 했다. 책 쓰기는 무형의 네트워크를 형성해 준다. 책이 아니었다면 이렇게 새로운 인연들을 만날 수 있었을까. 운동에 대한 애정이 없었다면 이렇게 멋진 보디빌더와 어떻게 인연을 맺을 수 있었을까.

힘든 상황에서도 굴하지 않고 몸을 단련한 백 선수로부터 큰 동기부여를 받고, 그동안의 짜증냄과 투덜거림이 부끄러워졌다.

그 주 주말, 분위기를 전환하려고 모처럼 헬스장을 벗어나 동네에서 떨어진 큰 공원에 갔다. 친구와 공원에서 파워워킹을 하는데 다리를 절룩이는 장애인들이 게이트볼을 하고 있었다.

한 걸음 한 걸음 불편한 다리를 옮기며, 때로는 동료를 부축하고 부축을 받아가면서 운동을 즐기는 모습을 보니 여러 생각이 들었다.

안 그래도 부끄러워하고 있는데 친구가

"봐라. 네 다리는 멀쩡한데 투덜대면 안 돼."

라고 했다.

우리는 가진 것이 참 많다.

'너무 바빠서? 너무 피곤해서?'라는 말은 벽에 붙이면 딱 달라붙는 코딱지만큼이나 통하는 구실일지 모르나 코딱지만큼이나 지저분한 핑계다.

인생은 폭풍이 지나가기를 기다리는 것이 아니라
빗속에서 춤추는 법을 배우는 것이다.

- 비비언 그린 -

멘탈은 운동으로, 몸은 멘탈로

"어허! 할 수 있닷!!!"

트레이너와 운동을 하며 귀에 딱지 않을 정도로 많이 들었던 말이었다. 마지막 한 개 참기름 쥐어 짜 듯 덤벨과 바벨을 들어 올릴 수 있게 해주었다.

근력 운동은 적당히 갯수 채우기만 하면 몸에 변화가 오기 힘들다. 근육이 불타는 기분이 들어 더 이상 들어올리기도 싫어서 놔 버리고 싶을 때, 그 한 개를 더 들어올려야 그때 변화가 일어난다.

우리의 인생과도 닮았다. 실패하고 또 실패해서 포기하려는 찰나 그 '한 번 더!'의 행동이 인생을 바꿔놓기도 하는 것처럼.

매번 운동을 하면서 한계의 순간에 맞닥뜨렸다. 어떤 때는 트레이너가 내 기를 꺾으려는 건 아닌가 생각이 들 정도로 계속 시련을 줬다.

마치 '이 무게도 드네? 그래? 어디 한 번 뜨거운 맛 좀 봐라' 하는 것 같았다. 지난 번 바벨 50kg으로 스쿼트를 시켰다면 그 다음엔 횟수를 늘리고, 그걸 수행하고 나면 그 다음 시간엔 무게를 더 늘려서 하체를 얼얼하게 만들었다.

그래서 항상 내 입에서는 세상 하직하겠다는 표정으로 "으악! 더 이상 못 할 것 같아요!"라는 말이 나왔다.

그럴 때마다 트레이너는 "할 수 있닷! 가즈아!"라고 했다. 빨간 모자만 씌워주면 해병대 조교가 딱!인 말투로 나를 조련해 버렸다.

그런데 언젠가부터 나에게 오기가 생겼다.

'오늘은 절대 못 하겠다. 아프다 이런 말 안 해야지.'

하지만 결국 그 말은 반드시 나오고야 만다. 매번 '못 하겠다' 하는 나, '할 수 있다'고 하는 트레이너, 종국엔 해버리는 나.

그 모든 걸 할 수 있었던 것은 '말의 힘'이었다.

"할 수 있다!"라는 그 한마디의 말이 하나를 더 들게 했다.

근력 운동을 하면서 몸의 변화도 변화지만 세상을 보는 시각과 멘탈에도 상당한 변화가 왔다.

운동뿐 아니라 다른 것을 하는 데도 주저함이 없어졌다. 그 힘든 무게도 결국은 들고, 또 드는데 이런 것을 내가 못할 리 없지.

그러면서 아이들에게 미안해지기도 했다. 엄마라면 내 아이 공부시키다 막말 한 번 안 해 본 사람 없을 거다. 나의 막말은 '막말협회 본부장'급이었다.

문제집 풀리다가 못 하면

"야! 다 그만해! 그럼 그렇지. 뭘 하겠어?"

그러면 아이들은 울고, 난 더 화가 치밀어 올라서

"그만 질질 짜! 왜 울고 난리야! 꼴 보기 싫어 죽겠네, 진짜~! 공부 다 때려치워!"

주변을 보니 자식 가르치다 속이 활딱 뒤집혀서 문제집을 찢어버린다는 엄마들도 많고, 어떤 초등 선생님은 문제집 던져 본 적 있는 엄마들이 지극히 정상이라고까지 했다.

나만 그런 게 아니구나 하면서 위안이 좀 되기도 했지만 아이들이 잠들면 분노 조절을 못 한 나를 자책하며 후회하고 또 반복하는 걸 되풀이하곤 했다.

그러는 동안 아이들은 내상을 입게 되었다. 작은아들이 어느 날 "난 돌 머리라 못해, 안 할래."라고 하며 시도조차 하지 않고 나에게 더 이상 안기지 않았을 때 적지 않은 충격을 받았다. 엄마라는 사람은 막말하고 혼내는 사람이 아니고, 사랑을 주는 사람이라고 이야기하는 수많은 육아서를 읽고서도 나는 바뀌지 않았다.

운동을 배우면서 내가 힘들어서 못 들겠다고 할 때 트레이너가 만약

"그래요! 회원님이 뭘 하겠어요. 때려치우세요. 회원님은 안 돼요."
라고 한다면 분노가 찰 거고 점점 내 자신은 정말 안 된다고 생각하다 포기하게 될 것이다.

성인도 그런데 아직 영글지 않은 아이들은 어떨까?

발전과 반성의 시간이었다. 체력 단련도 되고, 정신 단련도 되었다. 근력운동은 나를 시험에 들게 했고, 성취감을 주었다가 다시 찢기는 고통을 줬다. 그리고 다시 한 단계 발전된 몸을 줬다.

긍정의 기운도 운동을 하며 생기는 동시에 트레이너를 통해서도 운동 외에 강철 멘탈과 말의 힘을 배울 수 있었다.

어느날, 아이들을 앉혀 놓고 사과를 했다.

"엄마가 미안해. 나쁜 말 하지 않을게."

그리고 트레이너가 내게 그랬듯 그래서 결국 해냈듯이 나도 아이들에게 "할 수 있어, 일단 해보자."라고 말하게 되었다.

더 이상 트레이닝 지도를 받지 않고 혼자 운동하게 되었지만 힘이 들 때는 저절로 선생님의 그 말이 뇌에서 리플레이된다.

"포기하지마! 할 수 있닷!"

아이들이 커가면서 시련을 겪을 때 아이들의 머리에 엄마의 말이 자동 재생될 수 있으면 좋겠다.

"아들아, 넌 할 수 있어. 포기만 하지 않으면 돼!"

"엄마, 살 좀 빼"

라고 하던 아이들이 어느 날

"엄마! 배근육 장난 아니다."

"엄마가 어떻게 했어? 매일 운동 가고, 밥도 조금 먹고, 열심히 했지? 그러니까 이렇게 복근이 생긴 거야. 아무리 힘들어도 뭐 하지 말라고 그랬지?"

"절대 포기하면 안 돼!"

중도 탈락은 없다

지금! 당장! 여기서!

내 모토는 '지금! 당장! 여기서!'이다. 바로 시작한다.

내일부터, 다음달부터, 급한 업무가 마무리되면, 1월부터?

그런 거 없다. 사고 싶던 옷을 망설이다 품절로 놓쳐서 아쉬운 것처럼 지금이 아니면 살은 내일도 내년에도 평생 뺄 수 없다. 그러다 관 뚜껑 마주하는 날 온다.

그때를 기다리고 놓치고, 놓치다 보면 노인이 되버릴 것이다. 당장 배우고, 책을 읽고, 영어 공부를 해야 한다.

그래서 헬스장에 등록했고, 식사 조절을 시작했다. 식사 조절이 작심삼일을 넘기고 나서 큰 맘 먹고 트레이너의 지도를 받기 시작했다.

조금 더 강한 동기부여를 위해서 나는 목표를 바디 프로필로 잡고, 검색을 통해 스튜디오 후기나 사진을 보고 난 후 계약금을 내버리는 걸로 마무리했다.

> 40대 이상 여성분은 예약이 불가합니다.

바디 프로필 스튜디오에 문의하면서 황당하고 기분 나쁜 경험을 먼저 했다.

그 곳은 전화 상담도 안 되고, 오직 카톡으로만, 그것도 정해진 상담 시간에만 상담을 받는 곳이었다. 불친절한데도 작가가 유명해서 그런지 대기자가 많았다.

그런데 대뜸 공지문 하나를 먼저 보내는 것이었다.

'헐! 40대가 왜? 나이 드는 것도 서러운데 도대체 돈 준다는데도 싫대?'

그래서 물어 보았다. 나 40대인데 왜 안 되냐고? 통계상 40대가 중도 취소도 많이 하고, 계약금만 입금하고 당일 잠수를 타서 스튜디오 운영상 손해도 막심하고, 다이어트도 제대로 안 해 온 건 본인들이면서 포즈 못 잡겠다, 돈 환불해 달라면서 그 야말로 진상을 부린다는 것이었다.

그러면서 중도 취소를 하지 않을 자신이 있다면 받아주겠다고 했다. 첨엔 오기 반 괘씸함 반으로 난 다르다면서 돈을 냈지만 중간중간 솔직히 포기하고 싶은 마음이 들었다.

다이어트가 내 생각대로 진행이 안 되는 날도 있고 지치는 날도 있었다. 여러 일들도 자꾸 생기고 하다 보니 '뭔 놈의 바디 프로필이야~'하는 생각이 들었다.

전에 한 친구가 맨날 여자 친구에게 잘못을 해 놓고는 넉살 좋게 무릎 꿇고 싹싹 빌곤 했다.

"넌 무릎 꿇는 게 쪽팔리지도 않냐?"

라고 말하자 친구 왈

"처음 꿇기가 어려워서 그렇지 이젠 자동이다. 하하하"

이 친구처럼 한 번 꿇으면 다음 번에 꿇는 것은 쉬울 거 같았다. 한 번 포기하면 밥 먹듯 포기하면서 살 것 같았다.

그런 패배를 습관으로 굳히기가 싫었다. 사실 촬영 당일 의기소침했었다. 모니터로 본 나는 실제보다 크게 나왔다. 그래서 연예인들 실제로 보면 말랐다고 하는가 보다.

촬영 내내 위축되어 고개를 들 수 없어 숙이고 있으니 작가가 계속 왜 그렇게 시무룩하냐고 물었다.

내딴에는 애들 키우며 일하며 최선을 다했다고 생각했지만 스튜디오에 걸려 있는 다른 사람들의 멋진 사진을 보면서 한 번 더 위축되었다.

메이크업 해주는 분에게 물어 보았다.

"그런데 왜 40대가 그렇게 포기를 많이 한 대요? 예약 금지라길래 빈정 상했잖아요."

"이해는 해요. 가족들 다 맛난 거 먹지. 옆에서 식사조절하는 것도 하루 이틀이지. 에라 모르겠다. 애 키운다고 운동할 시간 부족하지. 살은 또 맘처럼 빠지나? 의지도 오래못 가니 포기하고…, 그러다 촬영 날이 오면 그냥 연락 없이 훅 잠수 타버려요. 미리 연락이라도 해주면 우리 직원들도 다 그날 공치진 않잖아요. 그리고 설렁설렁 몸도 안 만들고, 마른 몸으로 오는 사람들도 있어요. 그런 사람들이 또 본인이 몸 못 만들어 온 거 생각 못하고, 컴플레인도 심해서 저희도 스트레스 받고요. 근데 공교롭게도 대부분이 40대 이상이라…. 전화로 또 왜 욕은 퍼붓고 끊는지. 그래서 전화 없애고 톡으로만 상담하게 되었어

요. 그래도 고객님은 애 키우고 살림하면서 복근도 만들어 오
셨네요."

  그날 촬영을 하면서 저녁이 돼서야 처음으로 물을 마셨다.
한숨이 나오고 아쉬움 반, 홀가분함 반 여러 생각이 들었지만
그래도 아쉬움이 포기로 인한 도피보단 나을 것 같았다.
  아쉬움은 다음 스텝을 위한 욕구가 담긴 긍정적 욕심이니까.

                한계가 있다고 주장해라.
            그러면 그 한계가 곧 당신 것이 된다.

인생에 핑계란 없다

1960년 로마올림픽에서 아프리카 흑인으로 사상 최초로 금메달을 딴 아베베라는 마라톤 선수가 있다. 그것도 맨발로, 5주 전에 맹장 수술을 받고서 말이다.

그가 맨발로 뛴 이유는 원래 마라톤에 참가하기로 한 선수가 다쳐서 '대타'로 뛰게 되었고 맞는 신발이 없어 그랬던 것이다.

그는 4년 뒤 도쿄에서 열린 올림픽에서 마라톤 2연패를 달성한다. 그런데 아베베는 1969년 자동차 사고를 당해 하반신 마비가 되었다.

그럼에도 불구하고 아베베는 1970년 노르웨이에서 개최된 장애인올림픽대회에 출전해서 양궁 · 탁구 · 눈썰매에서 금메달을 목에 걸었다.

그는 이렇게 말했다.

"내 다리는 더 이상 달릴 수 없지만, 내게는 두 팔이 있습니다."

그의 역경에 비하면 새발의 피 수준이지만, 나도 갑상선암 수술 후 저하증 약을 계속 먹으며 마흔이 훨씬 넘은 나이에 운동을 하는데, 체력도 달리고 몸도 따라주지 않았던 적이 많다.

한 번은 트레이너가 걱정이 되었는지 저하증이 있으면 살이 잘 빠지지 않고 몸도 너무 피곤해진다며 걱정을 해주었다.

그때 나는

"저 갑상선저하증 있다는 이유로 내빼고 싶지 않아요. 갑상선저하증 있다고 살 못 뺄 게 뭐 있어요. 해야죠."

라고 의지를 보여줬다. 나이가 들었다는 이유로, 암 수술했다는 이력에 기대어 EXCUSE 하고 싶지 않았다.

새해 결심 3종 세트!

'새해부터 다이어트해야지'

'영어 공부해야지'

'술하고 담배 끊어야지'

다이어트, 어학 공부, 술담배 끊기는 3대 새해 다짐인 것 같다. 하지만 그 다짐들은 2월이 되면 안드로메다로 간다.

다이어트에 성공한 연예인을 보며 "나도 쟤들처럼 돈만 있으면 관리 받고, 도우미한테 애 맡기고, 필라테스니 PT니 받고 저렇게 살지. 팔자 좋은 연예인들이나 저러지."

이게 무슨 비행기표 살 돈 없어서 하버드 대학 합격하고도 못 갔다는 소리인가!

반은 맞고 반은 틀리다.

돈이 있으니 관리도 받고 도우미가 있으면 내 시간이 확보되니 운동을 할 수 있다. 그 부분은 맞다. 하지만 돈으로만 다이어트가 되지 않는다. 막상 시간이 주어진다 해도 식사 조절을 위한 내 의지와 콘트롤 능력, 내 몸을 움직여 운동을 한다는 것은 돈으로는 되지 않는다.

시간이 주어진들 오히려 늘어지는 경험을 많이 해봤을 것이다. 운동할 수 있는데 늦잠을 잔다거나 동네 아줌마들 만나서 수다를 떨고 아이들 하교할 시간이 되면 부리나케 집으로 가는 경우가 허다하다.

가만히 보면 1월은 헬스장 등록한 회원들로 가득하지만 곧 잠잠해진다. 헬스클럽은 회원 수용 공간을 넘어서서 회원권을 팔아치운다. 그리고 그쯤 헬스장 사장님의 차가 바뀌더라고.

우리 결심이 작심삼일로 끝날 걸 아니까.

다이어트에 돈과 시간이 없다는 건 핑계다.

핑계를 잘 대는 사람들은 가정법을 좋아한다.

영어도 마찬가지다. '나한테 돈이 있고 금수저라면 내가 원어민처럼 영어를 잘 할 수 있을텐데….'

과연 그럴까? 오랫동안 영어를 가르치면서 해외를 가지 않고도 영어를 잘하는 사람을 자주 본다. 결론은 '의지의 문제'다.

'나한테 시간이 많다면….'

'우리 부모님이 돈이 많다면….'

스스로에게 셀프 핸디캡핑(self-handicapping)하지 말자.

Chapter 3

열심히가 아니라 스마트하게

간식의 유혹을 물리치는 법

너는 정말 너를 그토록 사랑하지 않는 게냐?

야식 좀 그만 처먹어, 제발!

- 《보통의 존재》 이석원 -

아이들에게 책을 읽게 하기 위해서 부모는 여러 방법을 강구한다. 어떤 가정은 TV를 없애고 거실을 책장으로 둘러 '거실의 도서관화'를 꾀하는가 하면, 게임과 SNS에 노출되는 것을 우려해서 스마트폰을 애초에 사주지 않는 가정도 있다.

공통점은? 책 읽는 상황을 위한 '물리적 환경 조성'을 마련한다는 것이다.

나는 간식이 먹고 싶을 때 이와 같은 메커니즘으로 접근했다.

간식과 거리 벌리기.

간식에 노출되지 않는 환경을 조성하기.

첫째, 간식 거리 쟁여두지 않기

냉장고나 식탁 위에 간식을 두지 않는다. 아니 아예 사 두지 않는 것이 좋다. 보이면 주섬주섬 뜯어서 먹게 된다. 다이어트 음식이라며 인터넷으로 좀 더 저렴한 가격에 박스채 구매하여 그 다이어트 음식을 시시때때로 먹었던 경험이 있다. 다이어트 음식이든 간식이든 간에 많이 사서 쟁여두지 마라. 먹을 만큼만 사고 그 음식과도 거리를 벌려라.

즉 손 닿기 어려운 곳에 둔다. 아주 귀찮은 곳에.

둘째, 편의점이나 마트에 갈 때에는 현금만 가져간다.

카드를 가져가면 괜히 이것저것 주워 담게 된다. 다이어트 할 때는 세상 모든 게 맛있어 보이기 때문에 눈이 돌아가고 손이 뻗어져서 이성을 잃고 쓸어 담게 된다.

그래서 딱 살 것만 적어 놓고, 그 만큼의 현금만 들고 간다. 그리고 웬만하면 내가 장보지 않고 주변 사람에게 필요한 것만 사오게 하는 것도 좋은 방법이다.

셋째, 다이어트 간식을 챙겨서 외출한다.

조금 타이트하게 다이어트
할 때는 친구를 만나거나 누군
가와 약속이 있을 때 다이어트
간식(단백질빵, 견과류, 치즈, 과일 등)
을 챙겨 나간다.

그렇지 않고 다이어트 유지 기간일 때는 적절하게 음식을 즐
긴다.

넷째, 카페나 백화점 푸드코트는 되도록 안 간다.

백화점 푸드코트는 내 옆에 누워 있는 강동원이다. 강동원이
내 옆에 누워 있는데 잠이 오겠나. 카페에 가서 아메리카노만
마셔야지 해도 진열대에서 날 유혹하는 달달한 케이크 한 조각
에 무너지기가 쉽다.

'역시 쌉쌀한 아이스 아메리카노와 달달한 케이크는 환상의
조합이지. 오늘만 먹자!'

이렇게 나와 타협하게 된다. 안 먹어야 하는 걸 알면서도 가

면 대개 무너진다. 백화점 푸드코트엔 전국적으로 핫하다는 음식이 몰려있어서 안 살 수가 없다.

한 번은 오랜만에 백화점 푸드코트에 간 적이 있었다. 맛있는 빵을 보자 '백화점에 다시 오기 힘드니 한 번에 많이 사가자.'해서 한 팔 가득 안고 왔다. 며칠을 식후에 맛나게 먹다가 늘어난 뱃살을 보고 눈물을 흘리며 후회했다.

다섯째, 집 밥 먹기

사 먹는 음식은 조미료 때문에 그나마 집 밥이 믿을 만하다. 또 사 먹다 보면 외출해야 하는데 거리에는 유혹이 많다.

내가 다이어트를 혹독하게 할 때 입에 대지 않았던 것들은 이렇게 분류했다.

먹으면 무기징역 가는 것들

* 라볶이, 라면, 떡볶이, 튀김, 케이크, 치킨, 빵, 술

사실 그동안 저런 음식들에 취약했지만 조금씩 나를 단련하며 위의 음식만은 손대지 않았다.

그런데 너무너무 먹고 싶어 죽겠을 땐 어떡하냐고?

가령 떡볶이가 먹고 싶어서 하루 종일 상사병 난 사람마냥

떡볶이만 생각난다면 그냥 먹자.

대신! 후회하지 말자.

다이어트를 여러 번 하다 보니 먹고 싶어 죽겠고, 그러다 식욕이 터져서 먹고 후회하고 내일부터 진짜로 다시 하자며 무한 반복도 많이 했다. 그런 내가 싫고 한심했다.

그런데 그런 좌충우돌 경험을 하고 반성을 하면서도 포기하지 않고 음식을 조절해 보니 조금씩 습관이 만들어져 어느 정도 조절 가능한 수준까지 갔다. 그리고는 건강한 식습관이 형성되었다.

철저하게 식단 조절을 할 때는 과자도 허용하지 않은 시기도 있지만, 어느 정도 감량을 하고 나서는 조금씩 간식을 먹기 시작했다.

그렇지만 다 먹진 않았다. 너무너무 먹고 싶으면 머리에서 떠나지 않는다. 옷이나 가방도 그렇지 않은가. 매장에서 본 원피스가 머리에서 떠나질 않아서 하루 종일 생각하다 결국 사버린 경험이 있을 것이다. 그런데 사고 나면?

사고 나면 그냥 시큰둥해진다. 그 만족감은 오래 가지 않고 옷장에 걸어놓고 또 다른 물건을 탐색하게 된다.

내가 라면을 먹고 싶을 때는 일단 끓였다. 그리고 먹었다. 근데 식습관이 잡히면서 안 좋은 음식들이 몸에 받지 않게 되었다.

일단 위가 좀 줄어 있었고, 한편으로는 옛날 몸으로 돌아가고 싶지 않다는 생각이 강하게 들었다. 또 운동해서 그 칼로리를 빼야 한다는 생각을 하면 입맛이 조금은 떨어졌다.

일단 끊여서 먹다 보면 사고 싶던 옷을 사고 난 후처럼 머리에서 음식에 대한 떠나지 않는 집착이 줄어든다. 로미오와 줄리엣 부모들이 이걸 알았어야 햇다. 그냥 만나다 보면 권태기가 오거나 알아서 헤어졌을 확률도 큰데.

나는 라면을 몇 젓가락 먹고 싱크대에 부어버렸다. 그런데도 조금이라도 먹어서 그런지 특정 음식에 대한 집착이 오래 가질 않았다. 일단은 조금이라도 맛을 봐서 갈증을 해소했기 때문이다.

현실적으로 간식을 한 번에 싹 끊기는 어렵다. 그럴 땐 조금씩 바꿔보는 거다. 쌀밥에서 현미밥 한 공기로, 현미밥 한 공기에서 2/3 공기로, 거기서 한 수저 더 덜어내는 방법으로 조금씩 줄이는 것이다.

과자나 빵도 양을 줄여 보고 단백질빵이나 칼로리가 낮은 과자로 바꿔보다가 끊어 보는 식이다. 일반 라면에서 저칼로리 컵누들 또는 곤약 면으로 대체하는 방법은 많다.

이렇게만 해도 큰 효과가 있다. 내가 지금 먹는 것에서 조금씩 줄여나가기가 핵심이다.

대회를 나가는 보디빌더들도 시즌과 비시즌기를 나눠서 시즌기 때는 타이트하게 음식 조절을 하면서 운동을 하고, 비시즌기에는 먹고 싶은 것을 먹어가면서 운동을 한다.

운동을 업으로 하는 사람들도 이렇게 식욕 조절이 힘든데, 하물며 일반인들은 더 힘들 것이다. 좌절할 것도 평생동안 다이어트 식단을 유지해야 하는 것도 아니다.

세상에 맛있는 것들이 얼마나 많은가. 되도록 한두 수저 남기고 버릴지언정 다는 먹지 말고 욕구만 누그러뜨려보자.

《혼자 사는 즐거움》이라는 책에 나오는 아래의 내용을 저장해 놓고 유혹이 있을 때마다 보면서 마음을 추스린 적이 많아 공유하고 싶다.

"나는 필요할 때마다 나 홀로 내면으로 들어가 영혼, 즉 내 진정한 자아에게 직접 물어보면 된다는 것을 깨달았다. 손이 무조건 음식으로 향하는 것을 멈추고, 진정한 자아에게 이렇게 물어볼 수 있었다. '지금 너를 어떻게 돌봐줄까? 너를 어떻게 사랑해 주면 좋겠니? 네게 진짜로 필요한 게 뭐야?' 음식을 삼키기 전에 잠시 생각해 보자. 진짜로 배가 고파서 먹으려는 것인가, 아니면 그저 불안해서 먹으려는 것인가? 불안해서라면 냉장고로 달려가는 대신 동네를 한 바퀴 산책하는 편이 훨씬 이롭고 당신을 아끼는 것이다.

저녁이 되면 이제 긴장을 풀어도 된다는 신호를 보내고자 습관적으로 와인을 들이키는가? 그 대신에 잠시 시간을 내 편한 옷으로 갈아입고, 저녁식사를 만들면서 맛있는 과일맛 탄산수를 조금씩 들이키고, 와인은 식사와 함께 즐길 때까지 아껴두는 게 낫지 않을까? 깊은 내면의 갈망을 채워주는 당신만의 즐거운 활동을 정해 보라. 다정하게 정신을 보살피는 가운데 육체적인 갈망이 완화될 것이다.

굶주림과 목마름의 이유를 찾아 혼자서 느긋하고 즐겁게 여행을 떠나보라."

지속할 수 없는 다이어트는 요요로 돌아온다

20대 때는 야식으로 라면을 먹고 자도 부기가 없었다.

친구들과 소주 맥주에 안주를 꾸역꾸역 먹고 자고 일어나면 이상하게 피부에 혈색이 돌고 볼그대대해 보여서 일부러(?) 술을 더 먹고 일어나 셀카 사진을 수십 장 찍어보고 했더랬다.

그런데 지금은 뭘 좀 위에 집어 넣으면 다음날 여지없이 턱살부터 부어올라 달마대사의 눈두덩이가 된다.

낯빛도 칙칙해서 사진을 찍고 싶지 않다.

중년에 카카오톡 프로필 사진을 꽃사진이나 풍경사진으로 하는 이유를 어렴풋이 알 것 같기도 하다. 세월의 풍파를 맞은 얼굴대신 '꽃'이 좋지 아니한가!

세상 좋아져서 사진 보정 어플을 통해 이목구비 뽀얀 피부로 새로 태어날 수 있다. 하지만 그것은 현실이 아니기에 좌절감을 느낄 것 같아 나는 그러지 않았다.

아이를 하나 낳고 찐 살에 몇 년 뒤 둘째를 낳으니 몸이 완전 망가져 버렸다. 미스 시절 먹어대서 찐 살과는 급이 다르고 태가 달랐다. 애 둘 낳은 살집 넉넉한 아줌마에서 비만으로 가고 있는 몸뚱이.

도저히 안 되겠다 싶어서 난생 처음 PT라는 것을 받아보기로 결심을 했다.

두 번의 확장을 거듭해 샵을 연 젊은 친구였는데, 그를 맹목적으로 따르는 사람들도 많았고 자신에 대한 자부심이 대단했다. 한 번은 어떤 사람이 등록하겠다며 현금 다발 봉투를 내밀자 씨익 미소를 짓더니 도로 밀어 넣으며

"다른 데 상담 다니시면서 신중히 둘러 보시고 결정하세요."
하며 돌려보내는 것이 아닌가.

그게 그 트레이너의 컨셉이었다. 그리고 그 컨셉은 먹혔다. 당당하고 자부심이 가득했다.

나중에 봉투를 다시 들고 찾아오거나 회원으로 등록하고자 하는 사람은 다른 관문을 통과해야 했다. 그 트레이너의 처방전

대로 식사를 할 자신이 없으면 등록 금지였다. 그는 스스로를 돈의 노예가 아니라며 무조건 3개월 안에 회원의 살을 빼주고 바로 내보낸다고 했다.

회원의 돈은 소중한 것이 첫째 이유고, 자신에게 지도받기 위해 줄 서 있는 사람들을 위해서라고 자신만만했다.

그 식단이 뭔지도 궁금했고 얼마나 대단하게 지도를 하길래 이러는지 반은 신도가 되어 돈을 지불했다. 그는 내게 흰 봉투를 내밀었다. 비기의 식단표였다.

부적을 받아온 듯 집에 와서 정성스레 열어 보았다.

식단은 이랬다.

아침 : 팻버닝(지방을 태워주는 보조제) 약 한 알, 사과 반 조각

간식 : 단백질보충제

점심 : 고구마 1개. 드레싱 전혀 없는 야채. 계란흰자 3~4개

간식 : 단백질보충제

저녁 : 고구마 작은 것 1개. 드레싱 없는 야채, 생닭가슴살(소금간을 하거나 기름에 굽지 말 것)

배가 고프면 수시로 프로틴 쉐이크 마시기.

김치 포함 어떠한 소금간도 용납이 안 되었다.

심지어 껌도 안 되었다. 아스파탐이 들어 있다는 이유로 말이다.

거금을 내고 하는 거니 트레이너 말대로 사람들과의 모임도 되도록 피했다. 가더라도 도시락을 싸가지고 다니라고 해서 혼자 플라스틱통에 풀떼기, 계란흰자, 고구마를 싸가지고 다니기도 했다. 가끔 얼굴이 부은 채로 가면 전 날 뭘 먹었냐고 혼이 났고, 기운이 없어 고개를 숙이고 입장하면 그런 마인드로 세상을 어떻게 살거냐며 또 혼났다. 그는 독설을 내뿜는 호랑이 교관이었다가 인생과 철학을 논하는 현자가 되기도 했는데, 갈수록 기분이 나빴다.

50일 뒤 7kg을 감량했다.

운동은 피티 수업 외에 거의 하지 못했다. 너무 힘이 없어서 운동할 힘도 나질 않았다. 매끼를 그렇게 먹었고 사람들을 만나 식사할 때는 식당에서 싸간 도시락통을 열어 혼자서 생야채와 고구마, 닭가슴살의 정량만 먹었다.

그당시 운동보다는 식단으로, 그것도 보디빌딩대회에 나가는 선수의 식단으로 뺀 것이다. 그런데 보는 사람마다 예뻐졌다고 하기보다 이제 그만 빼라고 하고, 친한 친구는 대놓고 "몸은 빠졌는데 얼굴이 늙었다."고 팩폭을 해줬다.

　엄마 또한 팔자주름이 너무 심하게 생겼다고 "네 얼굴 어쩌냐?"고 하셨다. 예뻐지고 싶어서 다이어트를 하는 건데 노인이 되어 버렸다. 다이어트 망한 사례로 정준하 씨나 조영구 씨가 자주 소환된다.

　정준하 씨는 한 달만에 18kg, 조영구 씨는 두 달만에 15kg을 감량했다. 나중에 다시 살을 붙인 조영구 씨는 그당시를 '입관 전 얼굴'이라고 놀림 받았다고 말하며, 심지어 어머니는 붙잡고 우셨다고 한다. 정준하 씨도 무리한 다이어트로 인해 '정촛농'이라는 별명을 얻었다고 한다.

슬프다.

　　나는 노안도 노안이지만 더 이상 그렇게 먹을 자신이 없어서 PT레슨을 재등록하지 않았다. 그리고 지나다 떡볶이 가게만 보면 자동으로 들어가서 매일 떡볶이만 먹었다.

　　그렇게 원 없이 먹고 나자 한 달도 안 되서 7kg 받고, 2kg 얹어서 9kg이나 쪄버렸다. 돈 주고 고생은 고생대로 하고 팔자 주름 얻고 몸무게까지 전보다 더 불어버렸다.

　　2주 안에 한 달 안에 10kg 감량? 할 수는 있지. 사람들에게 화려한 스포트라이트만 보여주고 비하인드 스토리는 못 보여주는 거지.

　　그 식단이 얼마나 갈 것 같은가?

　　그 피티샵 회원 중 한 사람과 이야기할 기회가 있었는데 본인은 1년째 다니고 있다고 했다.

　　분명 관장은 3개월 후 내 쫓아버린다고 했는데.

　　알고 보니 그 회원은 다녔다가 끊으면 곧 살이 쪄서 관장님 손길이 계속 필요하다고 했다. 그러니까 요요가 다시 오면 그때부터는 다시 하루로 치는 신규 회원이 되는 건가?

　　그의 철학이 아직도 미스테리다.

현실 다이어트

　다이어트 식단은 현실적이어야 한다. 밥과 반찬을 먹을 때보다 고구마와 닭가슴살, 생야채만 먹으면 살은 빠진다. 하지만 이런 방식은 초반에나 효과가 있지 몸이 곧 적응해서 체중 정체기가 온다.

　그러다가 평소대로 식사를 하면 체중이 확 는다. 당연히 수분이 차게 되어 체중계 숫자가 올라가므로 좌절하게 된다. 무엇보다 성격도 까칠해지고 예민해진다. 우울증도 온다.

　평생 이렇게 먹고 살 자신이 있으면 그렇게 해도 되지만 세상에 맛있는 게 얼마나 많은데, 그리고 우리 한국인들은 밥심으로 사는데 이건 사자한테 풀 뜯어 먹고 살라는 소리나 마찬가지다. 평생 샐러드, 닭가슴살, 고구마만 먹을 것도 아니고.

대회 준비하는 선수들도 단기간만 이렇게 하는데 사회생활하는 일반인이 그리고 아이를 둘이나 키우는 애 엄마가 뭔 짓인가 싶었다. 특히 주부들은 밥 안 먹으면 체력이 달려 애들도 잘 못 봐주고 예민해져 아이에게 폭발하게 된다.

10년 전, 탄수화물을 극단적으로 줄여 보니 우리집 대문 비밀번호를 까먹질 않나, 수업하는데 영어 단어가 생각이 안 나고 컴퓨터가 먹통이 되듯 얼어버린 경험도 있다.

그리고 말도 더듬게 되었다. 나도 정준하의 별명 '정촛농'처럼 얼굴이 녹은 버터처럼 흐르는 것 같은 느낌을 받았다. 그는 '정촛농', 나는 '임버터'.

탄수화물을 심하게 제한하면 치매나 탈모도 생긴다. 과도하게 줄이면서 다이어트를 하지 말고 적당히 밥을 먹으며 하자.

흔히 다이어트를 시작하면 검색창에 〈다이어트 음식 추천〉 키워드를 넣어 검색 후 다이어트 음식을 준비하곤 한다. 나도 그랬다.

살 빼는 음식, 다이어트 도시락 등을 검색해서 다이어트 쉐이크, 다이어트 샐러드, 곤약, 노니, 클렌즈 쥬스 등 후회없이 다 해봤다. 택배가 오면 총알을 장전한 것처럼 든든하기도 했다.

하지만 어떤 다이어트 도시락은 신선하지 못해서, 어떤 건

닭 비린내가 유독 심해서 못 먹는다. 곤약도 좋다고 하지만 나에겐 곤욕이어서 버리고 프로틴 빵을 샀는데 자꾸 파리바게트 빵이 생각났다. 다이어트 쥬스를 마셨더니 금세 허기지고…. 그렇게 냉동실엔 화석이 되어버린 다이어트 식품들이 가득했다.

그리고 아이들을 재우고 새벽에 또 다이어트 음식, 살 빼는 음식을 검색해서 수백 건의 리뷰를 본 다음 '이번엔 이거다'하며 택배 아저씨를 남편보다 더 반가워하던 그 시절.

다 부질없다. 다 필요없다.

단언하건데 '다이어트에 뭐 먹어요?', '다이어트 음식 추천해 주세요!'라는 질문이 우선 잘못되었다.

공부 못하는 학생들은 이렇다.

시험 공부를 하기 전에 기능성 의자와 책상을 검색하고, 후기를 읽고 돈을 들여 사고 또 각종 필기도구와 좋다는 문제집을 사 놓는다. 인터넷과 유튜브로 단기간에 영어 마스터하는 법, 공부 신들의 충격적인 공부법, 단어 암기 비법 등을 보면서 댓글까지 섭렵하고 의지를 다진다. 그 다음날에 조금 공부했다가 집중이 안 되서 유튜브에 '집중력'을 검색하여 공신 강성태 채널을 찾아 '집중력 나쁜 사람 꼭 봐라'를 클릭한다. 그러다 기막

힌 알고리즘이 '왜 우리는 집중력이 없는가'라는 조지 피터슨의 강의로 유도한다. 하지만 고가에 산 기능성 책상에는 앉지도 않고 문제집도 풀지 않는다면?

시험 공부에 가장 중요한 건 나의 의지와 목표 설정, 그리고 구체적인 계획과 실행력이다.

그런데 하지 말아야 할 게임, 인터넷 TV 시청, 친구와 카톡 등을 하면 아무리 좋은 문제집과 환경이 갖추어져 있어도 말짱 꽝이다.

다이어트도 똑같은 메카니즘을 따른다. 검색을 해서 음식을 장전해 놓으면 이미 다이어트 반은 성공한 거 같다. 며칠 하다가 살이 안 빠졌다고 또 유튜브에 '살 빼는 법', '다이어트 방법'을 검색하고 몸은 움직이지 않는다.

뭘 살까, 뭘 먹을까가 아니라 현재 먹고 있는 음식에서 '뭘 덜어낼까?'를 고민해야 한다.

즉 –(마이너스) 방법을 써야 한다.

예를 들어

아침 : 쌀밥 1공기, 참치찌개, 마른반찬, 계란 프라이 하나,
      김치

간식 : 도너츠, 흑당버블티

점심 : 쌀밥 1공기, 김치, 제육볶음, 각종 반찬

간식 : 과자 1봉지, 초콜렛, 콜라

저녁 : ....

이런 식의 식사를 하고 있다면 전체를 갑자기 닭가슴살, 고구마, 샐러드로 바꾸는 건 〈수학 기초편〉도 버거워하는 아이에게 최상위 문제집과 영재반 수학 문제집을 풀으라고 한 다음 왜 못 푸냐고 다그치는 것과 같다.

아침 : 쌀밥 1공기 ☞ 반 공기, 참치찌개 ☞ 건더기만, 마른 반찬, 계란 프라이 하나 ☞ 계란 프라이 3개, 김치

간식 : 도너츠, 흑당버블티

점심 : 쌀밥 1공기 ☞ 반 공기로 김치, 제육볶음, 각종 반찬 ☞ 적당량

간식 : 과자 1봉지 ☞ 반 봉지만, 초콜렛, 콜라 ☞ 아메리카노로 대체

저녁 : ....

이런 식으로 평소 먹던 것에서 조금씩 줄이면서 워밍업을 한다. 이렇게만 해도 살이 빠진다.

그러다 용기를 내어 조금씩 더 덜어내기를 한다. 한 달 기준

2~3kg을 뺀다는 목적으로 한다.

생각해 보면 우리의 다이어트가 어려운 것은 갑자기 먹지도 않던 샐러드, 닭가슴살, 고구마를 먹는 게 힘들어서가 아니라 평소 먹던 빵, 과자, 떡 등을 멀리 해야 하기 때문이 아닐까.

다른 사람들의 다이어트 식단을 기웃거릴 필요는 없다. 그것을 길게 지킬 자신이 있으면 모를까. 일단은 내가 지금 먹는 것에서 줄이면서 적응이 되고 자신이 생기면 조금씩 식사를 건강한 방향으로 바꾸면 된다.

부부의 세계로 떠오른 스타인 한소희가 인터뷰에서 나이에 비해 성숙한 말을 해서 기억에 남는다.

"기초가 튼튼한 배우가 되고 싶어요. 오르막길이 있으면 내리막길도 있을 텐데 그 타격을 최소화할 수 있게 기초가 튼튼하면 좋겠어요. 이 일을 오래 하고 싶거든요. 더디더라도 천천히 오래 가면 좋겠어요."

쉽게 번 돈은 쉽게 쓰고, 힘들게 번 돈은 잘 쓰지 못한다. 쉽게 빠진 살은 금세 요요로 나타나고, 천천히 야무지게 뺀 살은 탱탱하고 보기 좋은 근육을 가져다 준다. 단기간에 드라마틱하게 빼면 드라마틱하게 요요가 온다.

중년을 위한 배부른 식단

한국인 밥에 대한 정서

의례적 인사말 : 나중에 밥 한 번 먹자.

아플 때 : 밥 잘 먹어야 낫는다. 밥 잘 챙겨 먹어.

재수 없을 때 : 쟤 진짜 밥맛이야!

한심할 때 : 저래서 밥은 벌어 먹겠냐?

무언가 잘 해야 할 때 : 사람이 밥값은 해야지.

최고의 정 떨어지는 표현 : 밥맛 떨어져!

심각한 상황 속에서 : 넌 지금 밥이 넘어가냐?

나쁜 사람 : 다 된 밥에 재 뿌리는 넘

시어머니 : 애비 밥은 잘 차려주냐?

좋은 일에 대한 보상 : 밥 한끼 살게.

이혼 시 남자의 주장 : 저 여자는 따뜻한 아침밥 한 번 차려준
　　적 없어요.

다이어트 : 밥 먹어가면서 해.

　밥에 대한 한국인의 정서는 깊다. 밥은 한국인의 삶과 뗄 수
가 없다. 인터넷상에는 2주만에 5kg 빼기, 10kg 빼기 등 단기
다이어트 방법이 아주 많다. 사실 다 알면서도 혹해서 클릭을
안 할 수가 없다.

　나의 식단은 이렇다. 아이들 키우랴, 일하랴, 다이어트까지
하니 시간도 에너지도 부족해서 요리하는 데 에너지를 쏟지 않
았다. 다이어트 식단이니 요리니 검색해 보면 수백 가지가 나온
다. 그런 요리책, 유튜브 많이도 따라해 봤지만 결국은 얼마나
장기적으로 갈 수 있느냐가 문제다.

　두부 닭가슴살 스테이크를 만든다고 두부를 짜고 닭가슴살
과 야채를 다져서 빚고, 굽고, 도저히 감당할 자신이 없다.

　나의 다이어트 식사는 최대한 간단하게 하지만 건강한 음식
을 추구했다.

아침	선택 **1**	계란프라이 3개, 현미밥 150g, 김치, 파프리카 등 야채
	선택 **2**	오트밀 무지방 우유죽, 계란프라이 3개
	선택 **3**	한식
점심	선택 **1**	야채비빔밥 + 계란프라이 3개
	선택 **2**	소고기, 상추와 양파쌈, 현미밥 반 공기
	선택 **3**	일반 한식
	선택 **4**	크라비아, 양파, 계란 3개 넣은 스크램블 볶음밥
	선택 **5**	닭가슴살 야채볶음밥
저녁	선택 **1**	두부 + 김치
	선택 **2**	구운 닭가슴과 상추 깻잎 쌈
	선택 **3**	소고기 쌈
		현미밥 100g 또는 고구마 100~150g (조금 더 빠른 감량을 원한다면 저녁 탄수화물은 뺀다.)

𝒪 오트밀

다른 식품보다 소화 속도가 느려서 포만감을 높여준다. 귀리
에 함유된 식이섬유는 현미보다 3배 높아 다이어트 시 문제가
되는 변비도 방지해 준다. 당뇨병환자들에게도 오트밀은 도움
이 되는 슈퍼푸드다.

우유귀리죽은 혈당 안정에 좋은 베타글루칸이 25배 늘어난다. 냄비에 무지방 우유를 넣고 끓여 먹거나, 시간이 없을 때는 전자렌지에 돌려 먹으면 포만감이 든다.

단백질군

닭가슴살, 소고기, 연어, 참치, 두부, 계란 등이 있다.

닭가슴살만 먹기 질릴 때 소고기, 두부, 계란을 돌려가며 먹었다. 연어나 오리고기는 은근히 지방을 많이 함유하고 있어서 즐겨 먹지 않는다.

하루 단백질 섭취 권장량

본인의 몸무게 × 권장 단백질량= 권장 섭취량
- **일반 성인은 약 1g**
- **노인은 1.2 g 이상**
- **근력운동을 하는 젊은 사람은 1.5~2g 이상**
- **다이어트 시(포만감을 위해) 2g**

예를 들어, 몸무게 60kg의 노인이라면 $60 \times 1.2g = 72g$이 하루 섭취량이다. 보통 닭가슴살 100g이 단백질 23g을 가지고 있고 계란 한 개당 단백질량은 7g이니 계란으로 치면 하루에 10개를 먹어야 한다.

🖇 칼로리보다 포만감

식사에 삶은 달걀이 없는 이유는 개인적인 취향이다. 계란 프라이와 삶은계란의 칼로리 차이는 많이 나지 않는다. 오래 지속할 수 있는 방법을 선택하면 된다(평소에 먹던 과자, 빵, 탄산음료 등을 생각해 보면 아무것도 아니다).

기름은 식용유 대신 아보카도 오일, 아마씨 오일, 올리브 오일만 사용한다.

2017년에 살충제 계란 파동 사건을 계기로 계란 껍데기에 산란
일자를 표시하는 제도가 2019년 8월 23일부터 전면 시행됐다.
계란 껍데기에 표시된 것을 보는 법은 위와 같다.

개인적으로 간편하게 먹을 수 있는 계란을 자주 먹었다.

계란은 신선하고 좋은 제품으로 신경을 써서 먹었는데 일반 마트
에서는 사육 환경 번호가 3~4번이 대다수라 인터넷에서 '동물복
지유정란', '난각번호 1번' 키워드를 검색해서 주문해서 최소 사
육 환경이 1~2인 계란을 구매한다.

가격은 비싸지만 노른자가 신선하고 비린내도 덜 하며 내 아이들
에게도 좋은 단백질원을 제공할 수 있어서 선택하고 있다.

　　현미가 GI수치가 낮다 해도 많이 먹으면 찔 수밖에 없다. 밥을 덜 먹는 대신 단백질을 먹어 허기짐을 채워야 한다. 밥을 100g 정도 덜어 냈다면 계란을 한 개 더 추가한다.

　　점심은 무조건 밥을 먹었다. 점심을 든든히 채워줘야 야식 생각이 덜하다.

- 간식 : 토마토, 시럽 없는 아메리카노, 스트링치즈, 탄산 수 등.

　　단백질은 중요하다. 매 끼니에 단백질은 꼭 잘 챙겨 먹었다. 단백질은 식욕을 제어하고 포만감을 오랫동안 느끼게 한다. 탄수화물 중심 식사는 빨리 배가 꺼지고 금세 허기가 진다.

　　단백질을 구성하는 성분 중에 아미노산이 있다. 이는 세로토닌과 도파민의 생성을 돕는다. 단백질 섭취가 부족하면 우울한 감정이 커지기 때문에 그 기분을 나아지게 하려고 자꾸 달달한 과자나 튀긴 음식이나 빵을 찾게 된다.

　　간식은 식사 사이에 배고프면 위와 같이 먹었고, 정말 과자가 먹고 싶으면 저녁 전에 조금씩 먹었다.

　　절대 먹지 않았던 것은 내 나름대로 징역 3년형, 무기징역으로 나눴다.

- 징역 3년 : 오징어채, 간장게장(밥도둑 반찬), 모카치노, 크림 올라간 커피, 과일주스, 과자
- 무기징역 : 치킨이나 피자, 각종 튀긴 음식, 국수, 라면, 술, 빵(곡물빵 포함)

※ 징역감 음식에 손을 댄 날은 징벌을 받는다는 생각으로 나가서 좀 더 달리거나 운동을 더 혹독하게 해서 실형을 살고 나왔다.

운동은 필수! 지방은 식사가 중요하고 운동이 거들어준다. 설렁설렁 걷기대신 파워워킹, 인터벌로 유산소를 해주고 몸매 라인은 근력운동이 만들어 주기 때문에 근력운동을 병행했다.

즉 건강한 '식사＋유산소＋근력운동'의 세 가지는 꼭 해주었다.

목표를 설정하는 방법

　살면서 무언가를 이루기 위한 동기부여로 가장 좋은 것이 목표를 설정하는 것이다.

　나는 2017년에 책 쓰기를 목표로 했다. 그 꿈은 이루기 힘든 것 같았지만 목표를 잡아 꿈노트에 적어 보니 매일 어떻게 하면 책을 낼 수 있을까 고민하게 되었고, 그 고민이 행동으로 나오게 되었다.

　그리고 2018년에도 책 한 권을 썼다.

　2019년에는 소소한 버킷 리스트를 작성하면서 '10kg 감량', '바디 프로필'을 적어 놨다.

　물론 생각한 대로 되지 않은 것들도 있고, 더 이상 관심 없는 것들도 있다.

10kg 감량은 수년 전부터 버킷 리스트에 올리고 또 올리던 없애고 싶어도 포기 안 되는, 그러나 정말 쉽지 않은 애증의 리스트였다. 중요한 건 '포기하지 않는다는 것'이다.

사람마다 버킷 리스트가 있을 것이다.

가령,

하와이에서 한 달 살기

유럽 여행하기

마라톤 참가하기

책100권 읽기

자격증 따기

매일 나만의 시간 갖기

죽이는 복근 만들기

경력 단절을 끊고 취업하기

등

나는 꿈 노트가 있다. 그 노트에는 유치하다고 생각하는 것부터 조금은 무리가 되는 것까지 적어 놓았다. 그렇다고 해서 '박보검과 재혼하기'처럼 거의 불가능한 수준의 것은 올려 놓지 않았다.

사람들은 자신의 꿈을 찾을 때 남에게 자주 묻는다. 그걸 왜 남에게 물어볼까? 본인이 할 건데, 본인에게 물어야지. 그러니 여기저기 세미나, 유튜브, 자격증 공부 등 돈과 시간을 쏟아붙는다. 하지만 요새 트렌드가 이렇다는 광고만 보지, 정작 내가 좋아하는 것에는 시간을 할애하지 않는 것 같다.

내가 원하는 것이 뭔지 알아보는 방법은 나와 대화하는 것이다. 그 대화 중에서도 머릿속으로 생각하면서 묻고 답하기도 좋지만 나는 글쓰기를 추천한다.

새 노트를 준비하든 일기장을 마련하든 해서 나와 대화를 하는 것이다. 그렇게 하다 보면 조금씩 실타래가 풀리는 경험을 하게 된다.

나는 일기를 쓴다. 일기장에 그날 화났던 일, 좋았던 일, 하고 싶은 것, 반성할 점 등을 쏟아붙는다. 그러다 언젠가부터 꿈노트를 마련했다.

버킷 리스트를 주욱 작성해 본다.

그리고 구체적으로 디자인을 하게 된다.

꿈노트를 쓰다 보니 쓰지 않는 삶이 힘들어졌다.

맥스웰 말츠는 목표는 자전거와 같아서 목적지를 향해 앞으로 나아가지 않으면 넘어진다고 했다.

꿈노트에는 굵직굵직하게 적고 더 구체적으로 적는다.

10kg 빼기를 적고 그 아래에 빼고 싶은 이유를 적는다.

내 몸 보고 '와! 죽이네.' 할 정도로 만들기.

살면서 한 번은 자신의 몸을 보고 짜증나기보다 '캬~ 죽인다.' 하며 감탄을 뱉어보는 건 정말 흥분되는 일 아닐까?

여기에서는 다이어트만 이야기해볼까 한다.

일부러라도 이벤트를 만들자. 그런 경험 있지 않나. 결혼식 전 혹독하게 다이어트해 본 경험. 오랜만의 동창 모임을 2주 앞두고 나쁜 음식 안 먹어가며 다이어트해 본 경험.

작은 이벤트든 큰 이벤트는 빈번하게 만들어 주는 게 다이어트에 박차를 가하기 좋다.

그런 이벤트 꺼리가 없다면 가족과 내기를 한다거나 일부러 한 사이즈 작은 옷을 사 눈앞에 보이도록 걸어놓고 3주 뒤에 저 옷을 입겠다는 마음을 먹고 다이어트를 하는 방법도 있다.

1. 구체적인 목표 설정 - 데드라인 세팅

막연히 '올해 안에 기필코 다이어트 성공!'보다는 10kg 감량이 낫다. 이것은 다이어트뿐만 아니라 다른 일을 할 때도 일맥상통하는 방법이다. 이왕이면 숫자로 수치화하면 더 좋다. 10kg 감량이라기보다는 3개월 내에 10kg 감량이 더 구체적이다.

반드시 기한이 있어야 한다. 올해 안이라고 하면 장담하건대 대부분의 사람들은 일주일도 못 간다. 몇 달 안에 10kg. 거기서 또 구체적으로 데드라인을 둬야 한다.

그 구체적인 방법은 2번으로 넘어간다.

2. 잘게 쪼개기

'코끼리를 먹는 방법은?' 잘게 쪼개서 먹는 것이다.

대학에서 이번 주 금요일까지 과제 제출하라고 하는 교수님과 금요일 오전 10시까지만 받는다고 하는 교수님이 있다면 어떤 과제를 먼저 할 것 같은가?

구체적인 계획에 데드라인을 '3개월 10kg 감량'이라고 정했다면 그걸 또 잘게 쪼개야 한다.

그 방법은 다음 장에서 자세히 설명한다.

3. 목표는 손으로 쓴다.

핸드메이드 제품은 공장에서 찍어 낸 제품과 다르다. 그래서 비싸지만 그래도 대기표를 받아가며 기다린다. 수기로 목표를 작성하는 것은 나에겐 이런 기분을 준다. 마치 핸드메이드 제품을 완성시키는 장인의 프로젝트라고나 할까.

이건 각자의 성향이지만 나는 손으로 쓰는 걸 좋아한다.

전자책으로 보는 책도 좋지만 그래도 책은 손으로 한 장 한 장 넘겨보며 밑줄 긋는 맛이 있듯이, 글을 쓰는 것도 펜으로 꾹꾹 눌러쓰는 걸 좋아한다.

책도 그렇게 썼다. 개인적 성향이지만 노트북에 글을 쓰려면 글이 잘 나오지 않아 항상 초고는 수백 장 종이에 써 놓고 옮기는 작업으로 이중 고생, 생고생을 자처한다.

캘리포니아 도미니컨대학교의 심리학 교수 게일은 손으로 목표를 작성하는 사람이 그렇지 않은 사람보다 목표를 이룰 가능성이 42% 높다는 것을 실험을 통해 발견했다.

키보드를 움직이는 것보다 손을 이용하면 뇌의 신경회로 수천 개가 자극을 받게 되어 좀 더 의욕이 생긴다고 한다.

다음 장에서 못다한 잘게 쪼개는 법에 대해 이야기한다.

나만의 목표일지 작성하는 법

　　앞장 2번의 '잘게 쪼개기'에 이어서 이야기하면 3달 안에 10kg을 뺀다는 목표를 다시 한 달로 잡는다. 만약 지금이 1월이고 3월까지가 데드라인이라면

　　1월 : 3kg 이상 감량

　　2월~3월을 나눠서 쓰는 것이다.

　　거기서 또 잘게 쪼개서 주 단위로 나눈다. 한 달에 3kg 이상을 감량하려면 일주일에 1kg 이상은 감량해야 한다.

　　일주일에 1kg이면 보통 4주니까 4kg 아니냐고 묻겠지만 여자들은 생리기간이 있다. 다이어트와 운동을 하면서 느낀 건 주객이 전도되면 안 된다는 것이다. 체력이 받쳐 주는 사람들도

있겠지만, 생리기간에 운동하면 관절에 무리가 가고 컨디션이
굉장히 떨어지는 경우를 많이 경험했다. 조바심 때문에 생리기
간에 운동을 했다가 며칠 앓아누운 경험도 있다.

그래서 생리하는 일수는 제외시킨다. 생리는 3~5일 이상 하
는 사람도 있으므로 본인의 사정에 맞게 생리를 마치고 워밍업
개념으로 슬슬 걸어 주기도 하는 등 융통성 있게 조정하면 된
다. 그리고 주부는 집안 행사나 아이들 교육 등 변수가 많기 때
문에 싱글처럼 계획을 이어가기가 쉽지 않다.

중요한 건 조바심 내지 않고 실현 가능한 목표를 잡는 것이다.

한 달 안에 10kg 감량 가능하다. 선수들은 그렇게 하기도
한다. 하루 운동 2번씩은 하며 샐러드와 고구마를 애기 손바닥
만한 것만 먹어 가며, 눈물 나게 운동하면.

일반인도 그렇게 뺄 수 있지만 분명 요요가 훅 온다. 그리고
급하게 빼면 내 몸이 소스라치게 놀라서 노안과 탈모로 복수를
해준다.

나의 경우 3kg 감량이라는 목표를 세우지만 다이어리(매일 수
시로 보느라 스마트폰 달력 일정란에 기록)에 기록을 해놨다. 가령 현재
몸무게가 70kg면 이번 주말엔 69kg으로 설정하는 것이다.

그리고 매일 핸드폰 달력에 몸무게를 기록했다.

매일 기록하면 쫄리면서 재밌기도 하다. 주 단위의 마감을 맞추기 위해 바짝 쪼여드는 듯한 심리 상태가 된다. 마치 사채 업자가 이 달 말에 200만 원을 받으러 온다고 하면 한 달의 여유가 있겠지만, 이번 주 일요일에 50만 원, 다음 주 일요일에 50만 원을 받으러 오기로 했다고 한다면. 그런데 이번 주 안에 그 50만 원을 준비 못 하면 묻어 버린다고 한다면 영혼까지 끌어 모아 악착같이 그 돈을 마련해 바치게 될 것이다. 매일 기록을 하면 바로 이런 절실한 마음이 들게 된다.

이런 데드라인 정하기와 주별, 일별 쪼개기는 내가 첫 책을 쓸 때도 통했던 방법이다.

첫 책을 쓰려고 했을 때는 엄마들이 가장 힘든 시기 중 하나인 육아휴직까지 내게 된다는 아이의 초등학교 입학 시기를 앞두고 있었다. 그때가 되면 정신이 없을 것 같았다.

그래서 초등학교 입학 3월 전에는 무조건 원고를 완성하겠다는 결심을 하고, 구체적 목표를 숫자로 설정한 후 또 잘게 쪼갰다.

이 방법은 나를 채찍질해 주었다. 박차를 가해 원고를 완성하여 결국 초등학교 입학 한참 전에 책이 나오게 되었다.

🖇 낱낱이 기록하기

월, 주, 일 단위로 쪼개 놓고 매일 해야 할 일과 하지 말아야 할 규칙을 정해 놓는다.

변하지 않는 매일의 규칙은 아래와 같다.

해야 할 일	하지 말아야 할 일
근력 운동 유산소 1시간 식단 지키기 등	간식 손대지 않기 야식 금지 커피숍 가면 아메리카노 외의 음료 손대지 않기 등등

여기서 실패한 것은 몸무게와 같이 적는다.

ex) 유산소 운동 30분만 했음. 도너츠 한 개 먹음.

살다 보면 계획대로 되지 않을 때도 있다. 감기몸살에 걸려 너무 힘든 날은 푹 쉬는 것이 현명하고, 피치 못할 일이 있어서 운동을 못하게 될 경우는 어쩔 수 없다.

다이어트 계획을 한참 잘 지키면서 계획에 틀어짐이 없이 꼬박꼬박 운동 나가고 식사 조절도 잘 하고 있는데, 시아버지가 돌아가시게 되어 진행하기 힘든 때가 있었다.

장례식장에서 운동을 할 수도 없고, 고칼로리 음식 사이에서 닭가슴살을 찾을 수도 없는 상황이니, 그때는 최대한 기름진 음식을 먹지 않으려고 노력했다.

하지만 어른들이 권하는 술과 며칠 잠 못 자서 쌓인 수면 부족으로 온몸이 붓고 컨디션이 안 좋아지면서 몸무게도 확 늘어났다.

전 같았으면 자포자기하는 맘으로 먹고 리셋했겠지만 일단 장례를 치르는 데 온 마음을 다하기로 했다. 다시 말하지만, 다이어트가 주변 사람들과의 관계를 흔들고 내 인생을 흔들 정도로 삶의 전부가 되어서도 안 된다. 그렇기 때문에 또 무리하게 목표를 잡아도 안 된다. 항상 변수가 있기 때문이다.

그래서 그때 먹은 마음은 장례 치르고 마음을 추스린 다음에 두 배로 박차를 가하자는 것이었다.

먹는 걸 좀 더 줄이고 푹 자고 회복된 컨디션으로 더 가열하게 운동해서 불었던 몸무게를 돌려 놓았다.

다이어트 한약이 내게 남긴 것

'그래, 이 약으로 사람들이 살을 쫙 뺐다 이거지?'

여자라면 다이어트에 도움이 된다는 정보나 주변 사람들의 다이어트 제품 추천에 혹해서 음식이든 제품이든 하나라도 구매해 보지 않은 사람은 드물 것이다. 나에게도 다이어트 약에 대한 쓴 기억이 있다.

한 달에 10kg을 빼준다는 다이어트 한약으로 유명한 한의원에 한 달 대기까지 걸어가며 상담을 받았다. 그리고 적지 않은 돈을 지불하고 약을 받아 왔다.

상자를 들고 오는데 이미 살이 빠지고 있는 듯한 기분이 들며, 다이어트가 성공할 것 같은 설레임도 있었다.

　일단 첫 이틀은 워밍업으로 단식용 약을 먹고 포만감을 준다는 마법의 한약을 먹었다.

　3일 뒤!

　헉! 1kg이나 빠졌다.

　의사 선생님이 밥은 반으로 줄이고 저녁엔 방울토마토만 먹고 운동도 꼭 해야 한다고 하셨다. 그대로 했다. 그런데 밤엔 불면증에 시달리고 가슴이 두근두근 뛰었다. 신경질도 났다.

　먹고 싶은 음식을 못 먹은 탓도 있겠지만 그 짜증과 신경질은 단순 배고픔에서 오는 것과는 레벨이 달랐다. 성격이 뾰족해지고 누구 하나 걸리면 작살낼 기세였는데, 그 누구 하나가 남편이 되었다.

　어느 날, 남편의 한마디 말이 거슬려서 버럭 소리를 질렀다.

　"미쳤어? 별 거 아닌 걸로 왜 난리야?"

　"그래에에에~ 나 미쳤다!!!!"

　신 내림 받은 무녀마냥 방방 뛰며 소리를 질러댔다. '아무것도 하고 싶지 않다. 이미 아무것도 안 하고 있지만 더 격렬하게 아무것도 안 하고 싶다.'는 광고 카피처럼 '화가 계속 났다. 화를 내고 있지만 더 격렬하게 화가 치밀어 올랐다.'

　　이상하게 매일 화가 난 상태가 계속되었다. 한 번 폭발하면 탄력을 받아서 인간 용암이 되었으며, 입은 꺼진 잿더미처럼 항상 바짝바짝 말랐다.

　　밤에는 우울감이 터져서 온갖 침울한 생각으로 뒤척이다 다음날을 맞이했다. 축 쳐져 일어나면 손은 왜 그리 벌벌벌 떨리던지…. 설상가상으로 온몸이 축 늘어지니 운동 가기도 힘들어서 헬스장도 못가고 누워 있는 날들이 많았다. 그런데 '다행히도'(?) 몸무게는 빠지고 있었다.

　　하지만 거울을 보면 몸 라인에 큰 변화는 없어 보였다. 하루는 겨우 기어서 운동하러 헬스장에 갔다. 뛰다 보니 20분도 안되어 입이 더 마르면서 목구멍까지 쩍쩍 달라붙었다.

　　계속 컨디션 난조인 상황이 되어서야 병원에서 준 주의사항을 쓴 종이가 눈에 들어 왔다.

> 구토, 입마름, 발작, 현기증, 집중장애, 생리불순을 수반할 수 있습니다.

'발작'이라….

'그래서 내가 남편에게 지랄발작을 했구나. 그래도 약이 비

싸니 있는 건 다 먹어야지.'

그런데 더 이상 몸무게는 내려가지 않고 오히려 붓더니 생리를 안 하는 것이었다. 그리고 며칠 뒤 어금니가 너무 아파 밤새 끙끙댔다. 치통으로 고통 받아 본 사람은 이해할 것이다. 치통이 얼마나 고통스러운지를. 볼에 손을 대고 끙끙 앓으며 아무것도 제대로 할 수 없었다. 마치 배우 마동석이 내 볼을 주먹으로 때리는 것 같았다.

검색을 해보니 다이어트 약의 역할은 식욕을 감퇴시켜 음식을 많이 못 먹게 하는 것이다. 부작용은 약 자체가 입 안의 건조증을 유발하므로 침이 돌지 않아 치아가 부식될 수 있다고 한다. 그리고 스트레스로 인한 면역력 저하가 잇몸을 붓게도 한다고 한다.

치과에 가서 상담을 했더니 의사는 치아엔 이상이 없다며 잇몸에 약물을 넣어 소독을 해주시고 항생제를 주셨다. 그리고 한 말씀하셨다.

"다이어트 약, 그거 뭐가 좋겠어요? 안 드시는 게 좋지 않겠어요?"

집에 와서 치통도 두렵고 폭주하는 내 성질도 어디까지 갈지 몰라서 다이어트 약을 쓰레기통에 쳐 박았다.

사실 그 다이어트 약을 추천해 준 사람이 내 친구의 친구였다.

친구의 친구가 금세 5kg을 뺐다고 해서 혹해서 그런 실수를 한 것이다. 나중에 들으니 그 친구의 친구는 어느 날 헬스장에서 러닝머신을 달리다 갑자기 기절해서 병원으로 실려갔다고 한다.

　다이어트 약 먹고 제대로 된 영양 섭취를 못한 상태로 운동을 하다가 실신을 했다. 그녀는 너무 '쪽 팔려서' 헬스장을 바꿔야겠다고 했다.

　인터넷을 보면 다이어트 약 성공기만 있지 실패기는 찾기가 힘들다. 대부분 광고나 홍보료를 받고 써주는 글들이 태반이다. 분명한 것은 다이어트 약은 건강을 담보로 한다는 것이다. 수십 만원에서 몇 백 만원 하는 독에 돈을 쓰니 그 돈으로 운동을 배우는 게 현명한 일이다.

　지금 돌이켜 보면 몸무게가 빠진 건 한약과 방울토마토만 먹어 수분이 빠졌기 때문이었다. 근육이 빠진 것이지 더러운 체지방이 빠진 건 아니었다.

　한약 없이 방울토마토만 먹어도 살은 빠지는 건데….

　그땐 왜 그리 멍청했는지….

정석대로 가야 하는데 그걸 알면서도 편법을 쓰려다 망했다.
세상에 꼼수로 되는 건 없다.

단기간에 못생겨지는 법

동태찌개는 국물이 시원하니 한 수저 두 수저 자꾸 뜨게 된다. 그런데 동태눈은 전혀 매력적이지 않다. 동태 눈빛을 한 사람도 매력이 넘치는 경우는 없다.

그런데 그렇게 매력 없는 눈을 만들어 주는 것이 있다.

술!

어김없이 동태눈깔을 만들어 준다. 주변에 술을 좋아하는 사람치고 눈빛이 호수처럼 영롱한 사람을 본 적이 없다.

술을 해독하려면 보통 3~7일이 걸린다고 한다. 일주일에 3번 이상 마시는 사람은 늘 해독이 안 된 상태로 살아가고 있는

셈이다.

　　술에 잔뜩 절어버린 사람들이 올린 음주 전후의 변화 사진을
보면 놀랍다. 물론 다이어트도 한 얼굴 같지만 눈빛도 잘 봐둬

사진출처 : 보어드판다

야 할 필요가 있다.

사실 내가 이 사진들을 검색해 본 때는 한창 술을 즐겨 마실 때였다. 여러 가지로 몸에 변화가 오고 눈빛이 풀어져서 혹시 하며 검색해 봤었다.

아침이 되면 '오늘 저녁엔 술 마시지 말자.'라고 다짐하고선 밤만 되면 활개치는 뱀파이어럼 피 대신 술을 찾았다. '여름엔 더우니까 맥주 캬!', '비오는 날엔 전에 막걸리!'라며 벌컥! '겨울엔 뜨끈한 오뎅탕에 소주가 딱'이라며 크!

아이들 재워 놓고 육퇴(육아 퇴근)를 외치며 치맥, 안 좋은 일 있었다며 한 잔, 명절 끝나고 수고했다고 스스로를 토닥이며 한 잔!

이런 일상들이 한 달, 두 달, 일 년 이상 계속되니 일련의 증상들이 나타났다.

1. 술과 부기의 상관 관계

술과 고칼로리 안주는 세트 메뉴다. 몸이 염분으로 붓고 야식과 과식 그리고 술이 콜라보를 해서 코를 크게 만들어줬다. 자연히 얼굴도 부었고 턱과 목의 경계선이 흐려졌다.

2. 눈빛의 총기가 사라졌다.

한때 3일 단식을 했었는데, 나 스스로 놀란 것이 눈빛이 총총하고 반짝하며 유리알같아 졌다는 것이다. '사람 눈빛이 사람의 외모를 이렇게 돋보이게 하는 구나.'를 단식 경험 후 느꼈다.

그런데 야식만 먹을 때는 살이 찌고 배만 나왔다면, 술을 같이 마셔대니 눈빛마저 흐리멍텅해졌다.

3. 피부건조증

술이 내 몸에 쌓이다 보니 온몸이 너무나 간지러웠다. 고보습 바디로션을 발라도 간지러움은 나아지지 않았다. 나중에 알게 된 사실은 술이 탈수 현상을 일으켜서 맥주를 마실 때는 마신 양의 1.5의 수분을 몸에서 빼앗아간다고 한다.

수분이 체중의 1% 부족하면 탈수증상이 오는데, 자주 술을 마시니 만성 탈수증이 온 것이다. 밤새 긁으며 자고 눈까지 뻑뻑해졌다.

술은 안구건조증과도 관련이 깊다. 그래서 눈을 계속 비비다 보니 시력도 떨어지고 다크써클도 생겼다.

어느 날 거울을 보니 턱과 목의 구분이 모호해진 채 퉁퉁 부은 얼굴, 탄력을 잃어 심술보처럼 늘어진 볼, 다크서클, 삐져나

온 옆구리, 풀린 동공에 온몸을 벅벅 긁고 있는 내가 보였다.

4. 술은 음식을 잡아당긴다.

술 마시고 입가심한다고 디저트로 먹는 라면, 아이스크림, 달달한 간식들.

취중폭식! 술은 뇌를 마비시켜 판단력을 흐려지게 해서 정신 없이 먹게 한다. 먹어도 먹어도 배가 차지 않는다. 술이 식욕억제중추를 마비시켜 음식을 자제하지 못하고 먹게 한다.

더불어 늘어난 몸무게와 뱃살은 보너스다.

이런 경험을 한 후 다이어트 목표를 잡고 술을 서서히 줄이다 완전히 끊었다. 확실히 부기가 사라지고 운동수행능력이 좋아졌다. 코도 작아졌다.

무엇보다도 반가웠던 것은 돌아온 눈빛이었다. 동태눈깔에서 인간의 눈으로.

또 가려움증도 사라졌다. 정말 신기한 경험이었다.

근력 운동을 열심히 하는 사람이라면 술을 멀리 한다. 알코올이 근육 손실을 일으키기 때문이다.

어제 빡세게 운동했어도 오늘 술을 마셨다면 헛수고다. 간이 알코올을 분해하는 데 5~6시간, 뇌가 알코올을 완전히 분해하는 데는 42일이 걸린다.

우리 몸은 열량을 태우다가 술이 들어오면 알코올을 분해하는 데 집중한다. 지방을 태우던 몸이 알코올부터 분해하는 것이니 다이어트에 방해자일 뿐이다.

게다가 여성이 남성보다 알코올 분해 능력이 더 떨어진다.

그런데 술을 좋아하지만 마른 사람이 있다고 반문할 수 있다. 밥은 배불러서 안 먹고, 안주도 안 먹고 거의 빈 속에 '술만' 마시는 알콜 고수 수준이면 깡마를 수도 있다. 하지만 그런 사람들도 벗겨 놓으면 반드시 군살이 있다.

특히 복부에 살이 많다. 마르기만 했지 벗으면 골룸처럼 예쁘지 않은 몸이 대부분이다. 술이 근육세포 내의 단백질 합성을 방해해서 근육 속 수분을 탈수시키고 근육의 크기를 줄이기 때문이다. 그래서 팔·다리의 근육은 적어져 마르고 복부만 나오는 우스꽝스러운 몸이 된다.

배우 조진웅은 극중 역할을 위해 30kg을 감량한 적이 있었다고 한다. 그 비법은 먹던 음식량을 줄이고 술을 완전히 끊고 운동을 병행하는 것이었다.

건강한 식사와 운동이 다이어트는 필수지만, 술은 다이어트의 주적이다.

　식단과 운동을 열심히 하고 술을 마시는 것은 마치 하얗게 칠해 놓은 바닥 위를 오물 묻은 운동화로 밟고 또 칠하고 밟는 행위이다.

변화 없는 몸을 가진 사람들의 특징

1. SNS허세충

인스타에 #운동하는여자 #운동은힐링 등의 태그를 단 사진들을 보면 우리나라에 이렇게 많은 몸짱이 있었나 싶을 정도로 하나같이 늘씬하고 서양 체형인 여자들의 사진이 많다.

물론 정말 열심히 하는 사람들도 있다. 그런데 가끔 헬스장에서 엉덩이도 빈약하고 운동도 잘 못 하는데 운동 한 동작 하고 셀카 찍고, 또 한 동작 하고 허리가 꺾일 정도로 비틀어 엉덩이를 내밀고 사진 찍고, 그렇게 이 운동 저 운동 깔짝깔짝 하고, 다른 사람은 그 기구 못쓰게 점령하면서 온갖 포즈를 잡고 사진만 수십 장 찍다가 짐 챙겨서 집으로 가는 사람을 종종 볼 수 있다.

또 개인적으로 알게 된 어떤 분은 헬스장을 한 달에 두어 번 본인 필 받으면 갑자기 뜬금포처럼 나타나서 새로 구매한 헤드 셋과 물통 등의 각도를 요래조래 잡고 사진 찍기를 30분 이상 하더니 정작 운동은 대충 몇 세트 하고는 집에 간다. 그날 보았 다. 카톡의 프로필 문구를.

헤드셋을 하고 물통과 턱끝을 들고 찍은 사진과
'everyday, weight'

2. 운동 후 보상으로 먹는 사람

다이어트하려고 등산으로 칼로리를 실컷 태웠더라도 내려오 면서 막걸리에 전을 먹으면 그냥 끝이다. 운동을 했으니 먹어도 돼? 그렇게 먹을려면 차라리 운동 안 하고 먹지 않는 게 낫다.

체지방을 커팅하려면 식단을 가려서 먹는 것이 필수다. 그 런데 마치고 나서 설렁탕을 먹고 햄버거를 먹질 않나. 그러면서 운동하는데 왜 살이 안 빠지냐고 한다.

그리고 헬스장에서 무리를 짓고 친분을 쌓는 사람들 중에는 운동만 하고 각자 집에 가면 되는데, 자리 맡기로 텃세를 부리거 나 소동을 일으키는 경우도 본다. 또 몇몇 분들의 대화를 들어 보

면 운동을 마치고 땀 흠뻑 흘리고 나온 후

　"즉석 떡볶이 먹으러 가자."

거나

　"마라탕 콜? 오케이."

하고 난 다음날

　"아우~ 이놈의 뱃살이 죽어도 안 빠지네. 이렇게 운동을 하는
데 말이야…."

라고 한다.

　식단까지가 다이어트의 마무리다. 현재 몸을 유지하기 위해
운동을 하는 거라면 모르지만, 살을 빼기 위해서라면 운동 후
보상으로 먹으면 안 된다.

　3. 회원끼리 지도

　요즘에는 일반인 중에도 트레이너보다 운동을 더 잘하는 사
람들도 많기 때문에 친구끼리 와서 서로 보조해주면서 운동하
는 모습을 본다.

　웨이트트레이닝에 대한 사람들의 관심사도 높아지고 인터넷
에 많은 정보가 있기 때문에 요새는 트레이너들도 수준이 높아
진 회원들의 질문에 대답해 주기 위해서라도 더 많이 공부를 해

야 한다고 한다.

어느 정도의 운동수행능력이 있으면 파트너 운동은 동기부여도 되고 헬스장에 나오게 하는 데도 도움이 되지만, 문제는 못하는 사람이 더 못하는 사람을 가르칠 때다.

일반인인 내가 보기에도 자세가 무너지는데, 못하는 사람이 더 못하는 친구에게 조언해 가며 틀린 자세를 가르쳐 주는 것을 보면 어처구니 없다.

마치 옛날 '가족오락관'을 보는 것 같다. 여러 사람이 줄 서 있고 헤드폰으로 귀를 막은 후 입 모양만 보고 답을 맞추는데 답이 "양보"면 전달, 전달하다가 "사회자가 정답은?" 그러면 맨 마지막 사람이 환하게 웃으며 "야호!" 하는 것처럼 더 이상하게 변형된 자세로 운동을 하는 것을 본다. 비용이 들더라도 트레이너의 지도를 받자.

4. 쉬는 시간이 길고 핸드폰을 자주 본다.

운동을 할 때 세트 사이 쉬는 시간이 길다. 한 세트하고 핸드폰으로 카톡을 길게 하거나 인터넷을 하는 사람, PT를 받을 때 한 세트하고 트레이너와 일상적인 수다를 떨거나 해서 운동을 더 할 수 있음에도 시간을 낭비하는 사람도 있다.

무거운 중량을 들고 하면 세트 사이 휴식시간은 조금 길어야 한다. 그런데 1분 이내만 쉬고 심박수가 떨어지기 전에 다음 세트를 해야 다이어트에 효율적이다.

그러면 쉬는 시간엔 무엇을 해야 할까?

첫 번째, 운동하다 궁금한 부분을 빠르게 트레이너에게 물어서 궁금증을 해결한다.

두 번째, 물을 조금 마시고 숨을 고른다.

세 번째, 다음 운동으로 넘어가기 전 세트수를 완료했다면 방금 한 운동의 이름과 주의점, 무게, 횟수 등을 작은 수첩이나 핸드폰 메모장에 기록한다.

5. 횟수만 채운다.

학창 시절 공부할 때 별로 한 것도 없는데 한두 시간이 훅 간 경험 있을 것이다. 공부한다고 책상 주변 정리하고 친구랑 수다도 떨다가 화장실도 가고 잠깐 간식도 먹으러 왔다갔다 했는데 시간이 훅 가버린 경험.

운동도 마찬가지다. 한 동작을 하더라도 정확한 자세로 타겟한 부위에 자극이 오는지 신경을 집중하면서 해야 한다.

운동은 꾸준히 나오는 데도 변화가 없는 사람들을 보면 집에 가서 다시 먹는지 뭐 하는지 안 보이니 모르겠지만, 헬스장에서만 보면 위 4가지 조건을 가지지 않았는데도 아닌데 이상하게 몸이 그대로다.

이 사람들은 그냥 그만큼만 운동을 하기 때문이다. 만약 15개씩 3세트를 한다 치면 영혼없이 기계적으로 하나 둘 셋 넷…, 이렇게 15개를 하고, 좀 있다가 또 횟수만 채우는 느낌으로 하는 모습을 본다.

제대로 자세를 잡고 목표하는 부위를 오늘 아주 혼꾸녕 내주겠다는 마인드로 하는 것과 결과는 반드시 다르다.

위의 다섯가지는 내가 뼈아프게 한 실수들임과 동시에 수정을 거듭해 달라진 몸을 보면서 반추해 본 과거이다. 1번과 3번을 제외하고 나름대로 열심히 하고 있다고 착각하며 내가 저지른 실수들이다.

트레이너 잘 고르는 법

운동을 처음 시작하거나 조금 더 발전하고 싶을 때 코치나 트레이너가 필요하다. 그런데 좋은 트레이너 찾기란 쉽지 않다.

나도 살면서 몇몇의 트레이너들에게 지도를 받아 보았고, 주변에서 성실하지 못한 트레이너들에 대해 불만을 갖는 사람들도 보았다.

피해야 할 트레이너

1. 탄수화물이 없는 식단을 짜주는 트레이너

식단을 무리하게 짜주는 트레이너는 피하는 것이 좋다.

운동을 하려면 탄수화물은 필수다. 바디빌딩대회에 나가는 선수들도 탄수화물을 먹어 가며 한다. 대회를 며칠 앞두고 탄수화물을 단기간 제한하는 방법도 있지만, 선수생활을 할 것도 아니고 일상생활을 하며 다이어트하려면 힘의 동력인 탄수화물은 필수다.

특히 중년이 넘어가면서 음식을 극단적으로 제한하면 쓰러질 수도 있다. 어른들이 괜히 밥심이라고 하는 게 아니다.

단기간의 효과를 보여 주려고 식단에 탄수화물을 넣지 않은 트레이너는 재고해야 한다.

2. 수다가 절반인 트레이너

운동을 가르쳐 주면서 설명을 너무 많이 하거나, 쉬는 타임 중간중간은 그냥 숨을 좀 돌리는 정도가 되야 하는데 회원과 만담 콤비가 되어 이런저런 개인적인 이야기나 시시콜콜한 이야기를 하는 트레이너들을 본다.

그건 트레이너뿐만 아니라 배우는 사람도 마찬가지다. 운동을 배우러 온 건지 트레이너와 노가리를 까러 온 건지 구분이 안 되는 경우를 본다.

1시간 피티 비용이 아니라 엄격히 말하면 50분 수업인데, 비싼 비용을 내면서 한 세트 하고 5분 수다 떨고 또 한 세트 하고 5분 수다 떨고 하면 조금 더 배울 수 있는 시간을 허비하게 된다.

3. 트레이닝 시간에 핸드폰 하는 트레이너

개인적으로 가장 최악이라고 생각한다. 높은 비용을 내는 피티 시간에 핸드폰을 보는 것은 회원을 우습게 아는 행동으로 업무태만이다. 간혹 보면 이런 트레이너가 꽤 많다.

쉬는 시간이면 회원 몸 상태가 어떤지 물어봐 주거나 자극이 오는지 묻고 케어해줘야 하는데 바로 핸드폰을 꺼내 체크 후 운동을 가르친다.

4. 기구 운동만 가르치는 트레이너

머신만 가르쳐 주는 트레이너들이 있다. 초보에게는 머신이 배우기 쉽고 다루기도 쉽지만 프리웨이트가 훨씬 중요하다. 그런데 머신만 가르쳐 주는 트레이너들이 있다.

왜? 가르쳐 주기 편하니까.

프리웨이트를 가르치려면 다각도로 봐줘야 하고 보조해줘야 하고 신경이 쓰이는데, 기구는 그냥 세팅된 위치에 회원을 앉혀 놓고 밀고 당기는 것만 봐주면 되니까.

5. 숫자 카운터

가르치면서 하나 둘 셋…, 이러면서 시간당 고액을 가져가는 트레이너들도 주의해야 한다.

옆에서 보면 자세를 봐주기보다 회원은 끙끙대며 스쿼트를 하고 있는데 영혼 없이 입으로 숫자만 세는 트레이너들이 적지 않다. 한 번은 운동하다 트레이너가 다른 회원을 지도하는 걸 봤는데, 입으로는 '하나… 둘… 셋…' 하면서 눈은 옆 거울을 보며 머리를 매만지는 것이었다.

횟수가 거듭될수록 회원은 힘이 드니 자세가 무너져가는데 트레이너는 영혼 없이 거울만 보고 있었다. 자세에 대해 지적해 주고 피드백해 주는, 날로 먹지 않는 트레이너를 만나야 한다.

6. 매번 똑같은 프로그램

운동을 하면서 관찰해 보면 매번 똑같은 운동으로 많은 회원들에게 같은 방법을 지도해 주는 트레이너들이 있다. 사람마다 체형도 다르고 연령대도 다른데 같은 프로그램을 계속 돌려 쓰는 걸 보며 '저 트레이너는 수업 준비를 제대로 하고 있나'라는 생각이 든다.

매번 같은 기구, 같은 횟수를 하다 보면 우리 몸도 적응해서 발전이 이뤄지지 않는다. 그런데 본인 몸 편하자고 나태한 트레이너들이 있다. 본인의 일을 게을리 하는 트레이너들도 재고해야 한다.

7. 열정 있는 트레이너

열정이 있는 트레이너를 찾아야 한다. 사실 세상에 열정 있는 사람이 얼마나 있을까.

열정만 있는 초보 트레이너도 있고, 열정 없이 몸만 좋은 트레이너도 있고, 둘 다 없는 트레이너도 있다.

예전에 현역 선수에 대회마다 1위를 획득하는 몸 좋은 트레이너를 보고 저 사람이라면 자신의 노하우를 전수해줄 거 같다는 생각에 간단한 상담으로 간을 봤는데, 상담에 열정이 없었다. 50회를 등록하면 할인율이 높아진다는 둥 회원을 돈으로만 보는 것 같았다. 그 후에 다시 살펴 보니 다른 회원을 티칭하면서 거들먹거리며 말하고 시계만 보면서 끝나길 기다리는 것이었다. 그리고 쉬는 시간마다 핸드폰을 자주 사용했다.

마치 나 정도의 프로에게 노하우를 받는 걸 감사히 여기라는 태도의 머슬아치(머슬＋양아치)였던 것이다.

서울대 출신의 과외선생님이라고 다 잘 가르치는 게 아니라는 건 아이들을 키워본 학부모들도 모두 하는 말이다. 그런 선생님은 '왜 나는 이해가 가는 걸 이 학생은 대체 이해를 못하지?'라며 학생을 제대로 파악하지 못한 선생님들도 많다.

거기에 열정까지 없는 사람이라면 말해서 무엇하랴! 열정은 전염성이 강하기에 배우는 사람도 큰 동기부여를 받지 못한다.

8. 열정 있는 회원

트레이너 고르는 법을 말해 준다면서 뜬금없이 열정 있는 회원을 언급한 것은 위에 열정은 전염성이 강하다고 한 말처럼 배우려는 자도 열정이 강해야 지도하는 사람도 그에 맞게 대응하기 때문이다.

나도 가르치는 일을 하는 사람이라 어린 학생들부터 직장인까지 수많은 사람을 만나는데, 숙제를 제대로 해오지 않고 핑계만 대는 학생들은 초반엔 다그치다가도 나도 모르게 힘이 빠지게 된다. 웃긴 건 그런 학생들이 남의 탓은 정말 많이 한다는 것이다. 전의 선생님은 제대로 못 가르쳤다는 둥, 배울 게 없었다는 둥 비판은 특급이다. 그러다 보면 가르치는 사람의 열정도 사그라들면서 '이 사람에겐 더 인풋을 넣어봐야 다 흡수를 못하겠다.'라는 생각에 맞춤교육(?)을 하게 된다.

그런데 숙제를 열심히 해오고 항상 수업에 열정으로 임하는 사람들을 보면 덩달아 신이 나고 텐션이 올라가서 하나라도 더 가르쳐 주고 싶어진다.

나는 지도를 받으러 갈 때 지각하지 않고 미리 가서 스트레칭하고 준비를 한 후 항상 다짐을 했었다.

'오늘은 죽겠다, 아프다 소리 하지 말아야지. 트레이너 쌤이 이기나 내가 이기나 해보자.'

그런데 항상 트레이너는 그걸 간파한 듯 내 입에서 결국 "와~ 더 못하겠어요!" 소리가 나올 정도로 매번 내 한계까지 훈련을 시켰다.

그리고 내가 넉다운되면 사악한 미소를 짓고, 내가 힘들다고 투정을 부리면 "말하는 거 보니까 덜 힘든가 보네요. 진짜 힘들면 아무 말도 안 나오거든요!"

이래서 기함을 하게 했다. 열정 있는 트레이너에 열정 있는 학습자가 조화를 이뤄야 같은 시간을 운동하더라도 더욱 좋은 결과를 낸다.

Chapter 4

운동을 하면 인생이 바뀐다

하체 운동을 해야 하는 이유

　　언젠가 외출을 하려고 나서는데 50대로 보이는 분이 카트에 구황작물을 싣고 가다가 경사진 곳에서 카트와 함께 비틀거리시더니 다리가 풀리면서 중심을 잃고 넘어지는 걸 봤다. 얼른 달려가 부축해 드렸다. 하체 근력이 약하니 충분히 중심을 잡을 수 있는 상황이었는데도 허탈하게 넘어지셨다.

　　작년엔 친정 엄마를 모시고 아이들과 함께 처음으로 3대 여행을 갔다. 3대 여행을 가기 전 너무나 설레어 열심히 동선을 짜고, 방문할 관광지를 구글 지도를 보며 체크하고, 후기를 읽어 보며 수험생처럼 공부했다. 그런데 도착하자마자 계획은 어이없이 무너졌다. 엄마 무릎이 안 좋으셔서 1분도 걷기 힘들어

하셨기 때문이었다.

쌩쌩하시던 친정엄마가 어느새 나이가 드셔서 여행조차 즐겁게 못하시는 걸 보고 마음이 아팠다.

그러고 보면 세월은 참 빠르다. 50세의 나이도 멀지 않다. 보통의 50·60세대는 애들을 어느 정도 키워 놓고 슬슬 여행이나 다닐 나이인데, 그 나이가 되면 체력이 떨어져 여행도 쉽지 않다. 영어를 가르치다 보니 중년 이후의 많은 분들이 영어의 필요성을 절실히 느끼시는 걸 현장에서 본다.

대부분 해외 여행 가서 가이드 깃발 따라가지 않고 직접 현지인과 의사소통을 하고 싶어서 그렇다.

요즘은 외국어도 어플을 이용하여 어느 정도 아웃소싱이 가능하지만, 내 건강과 근육은 외주를 줄 수 없다. 그래서 외국어 공부에 앞서 튼튼히 걸을 수 있는 두 다리, 하체근력이 우선이라고 생각한다.

몸의 근육량은 30대 이후부터 줄어들어 매년 0.5~1%씩 감소하고, 60~70대가 되면 체중의 15~25%로 급격히 줄어든다.

경희대병원 어르신 진료센터의 원장원 교수는 "근육 감소증이 있는 65세 이상은 그렇지 않은 사람들에 비해 사망이나 요양병원에 입원할 확률이 남성은 5.2배, 여성은 2.2배 높다."고 말한다. 그

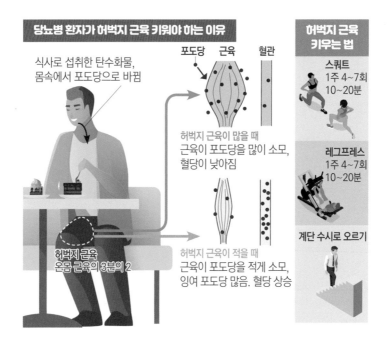

리고 열쇠는 근육운동과 단백질 섭취에 있다는 말도 덧붙인다.

당뇨병환자는 대부분 빈약한 허벅지를 가지고 있다는 연구 결과가 있다. 허벅지가 빈약하면 탄수화물을 제대로 처리하지 못해 포도당이 혈액으로 몰려 혈당이 오르게 된다.

허벅지는 당분이 많은 음식을 먹었을 때 혈당의 70%를 감당한다. 그래서 하체근육이 적으면 당뇨에 취약해진다. 나이가 들면 허벅지가 가늘어지는데, 혈당을 흡수하려면 일부러라도 허벅지근육을 키워야 한다.

의학박사인 한상석 씨는 그의 책에서 63세에 근무 중 넘어져 허벅지근육이 파열되어 노인요양병원에 입원한 경험이 있었다고 한다.

하루 종일 누워서 살아야 하고, 대소변마저 남이 치워 주는 삶이 얼마나 비참한지, 노인네들 전부 발가벗겨 고무장갑 낀 손의 간병인들에 의해 씻김을 당할 때의 치욕을 입원해서 뼈저리게 느꼈다고 한다.

그때를 회상하며 저자는 이렇게 말한다.

"나이 든 사람이 가장 주의해야 할 점은 넘어지는 것이다. 나이 들어 미끄러져 골절이라도 당하면 한 방에 인생 종친다. 다리에 힘이 없으면 더 잘 넘어진다.

나이 들어갈수록 편히 앉거나 누울 생각하지 말고 부지런히 움직이자. 열심히 걷자. 허벅지근육을 키우자."

뭐든 때가 있다고 하는 어른들의 말을 30대만 해도 흘려 들었다. 그런데 나도 중년의 나이로 접어들면서 그 말에 절실하게 공감한다. 살면서 '그때 그걸 배울 걸….', '공부 좀 열심히 할 걸….' 하는 생각.

물론 뒤늦게 해도 안 될 건 없다. 인생에 절대 늦은 때란 없지만 배 이상으로 힘든 것은 감당해야 할 과제다. 마치 잘못 접어든 길목에서 네비게이션이 "경로를 다시 탐색합니다."라는 안내와 함께 킬로수가 갑자기 늘어나며 돌고 돌아 목적지에 도착하는 것처럼 말이다.

살기 쉽지 않은 세상에 내 자식이라면 이런 부침을 겪게 하고 싶지 않은 게 엄마 마음인지라 아이들을 키우며 제때에 시킬 수 있는 건 시키려고 노력한다. 무엇보다 운동을 평생의 친구가 되게 해주고 싶다.

아이들이 성인이 되면, 아이들과 헬스장에서 웨이트트레이닝을 같이하고 싶다. 아이들과 함께 여행을 가서 부축받지 않고 청바지를 입고 배낭을 멘 채 활기차게 걸을 것이다.

'시간이 없다', '상황이 안 된다.' 하다가는 경로를 끝없이 재탐색하게 될 것이다.

훗날 더 깊은 후회를 하기 전에 지금이 바로 일어 설 때다. 그리고 하체를 단련할 때다.

운동에 돈을 쓰는 것이 결국 미래의 병원비를 크게 절약하는 유일한 길이다.

We do not stop exercising because we grow old
- we grow old because we stop exercising.

- Kenneth Cooper -

우리는 나이가 들기 때문에 운동을 멈추는 게 아니다.
- 우리가 운동을 멈추기 때문에 늙는다.

- 케네스 쿠퍼 -

여자는 힙! 애플 힙 만드는 비법

　　솟아오른 엉덩이를 위해 운동을 하는 여러 정보와 자료 책들을 틈틈이 읽고 해외 선수들의 영상을 보고 글들을 읽었다. 그리고 현역 여성선수에게 지도를 받으며 나에게 적용해 보았다.

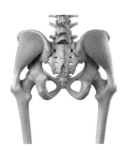
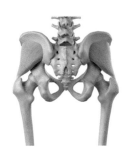

대둔근　　　　　　　중둔근　　　　　　　소둔근

　　엉덩이는 앞의 그림과 같이 대둔근, 중둔근, 소둔근으로 이루어져 있다. 일단 사이즈 및 볼륨을 키우려면 제일 면적이 큰 대둔근을 키워야 한다.

　　대둔근을 키우는 운동에는 스쿼트, 스쿼트 점프, 케틀벨 스윙, 브리지, 데드리프트 등이 있다.

　　가장 중요한 메인 운동은 스쿼트이다. 많은 유튜버들이 힙업 운동이라며 스쿼트 운동을 알려 준다. 맞는 이야기지만 납작한 엉덩이에 볼륨을 주고 작은 사이즈의 엉덩이를 키우고 싶다면 가벼운 핑크덤벨 운동을 해서는 발전이 없다.

스쿼트

스쿼트 점프

케틀벨 스윙

브리지

데드 리프트

POINT I. 점진적 과부하

점진적으로 무거운 무게를 들고 운동을 해야 엉덩이가 자란다.

마치 우리 아이들이 수학 문제집을 풀 때 기본 학습지만 풀면 정체되므로, 이를 방지하기 위해 기본→응용→심화로 넘어가듯이 말이다.

또한 대둔근 외에 중둔근과 소둔근도 운동을 시켜줘야 알이 꽉 찬 엉덩이를 만들 수 있다.

효과적인 중둔근 운동은 클램 쉘, 힙 어브덕션, 밴드 워크, 덩키 킥 등이다.

클램 쉘

힙 어브덕션

밴드 워크

밴드 덩키 킥

　소둔근 운동에는 싱글레그 데드리프트, 미니밴드 스쿼트, 밴드 클램 쉘, 런지가 좋다.

　나의 경우 운동을 하러 가면 기본적인 스쿼트로 대둔근을 공략한다.

　스쿼트는 컨디션이 안 좋은 날은 가볍게 하기도 하지만, 대부분 무거운 바벨을 메고 마치 푸세식 화장실에서 볼일 보는 듯한 자세로 풀 스쿼트를 하여야 힙의 발전을 가져다 준다.

싱글레그 데드리프트

미니밴드 스쿼트

밴드 클램 쉘

런지

그런 다음 중둔근 운동을 하고, 마무리로 밴드를 이용해 소둔근 운동을 한다.

여기서 중요한 것이 있다.

📎 POINT 2. 운동을 하기 전 스트레칭

요가의 다운독 자세, 장요근 스트레칭, 폼롤러로 근막 풀기 등으로 워밍업을 한 다음 운동을 한다. 슬슬 워밍업을 하고 본운동에 들어가야 한다. 그렇지 않고 바로 운동을 하면 자세도 나오지 않고 부상을 당할 위험이 크다.

시간이 없으면 스트레칭만 하고 하체 운동을 하지만, 시간이 된다면 폼롤러로 근막까지 풀어 준다. 근막은 닭고기를 싸고 있는 하얀 막 같은 것이라고 생각하면 된다. 근막을 풀어줘야 근피로가 쌓이지 않는다.

해외의 비키니 프로선수들은 밴드를 이용해 가볍게 하체를 풀어 주는 방법으로 몸을 깨우는 워밍업을 하기도 한다. 또 밴드를 마무리 운동에 사용하기도 한다.

운동에 정도는 있어도 정답은 없다. 이렇게도 해보고 저렇게도 해보고 끊임없이 변화를 주어야 한다. 몸이 한 패턴에 적응해 버리면 성장은 더딜 수밖에 없다. 그래서 한 프로그램에 익숙해지면 변화를 주어서 몸을 놀래켜 줘야 한다.

POINT 3. 스쿼트를 할 때 무릎

아래의 사진처럼 무릎은 밖으로 살짝 벌려줘야 한다. 그런데 운동을 하다 보면 힘이 들고, 특히 무거운 바벨을 등에 메고 하다 보면 힘이 풀려서 다리가 점점 모이게 된다. 이런 것을 인지하지 못한 채 운동하는 사람들이 많다.

그럴 때 팁은 밴드를 끼고 저항을 받으며 운동을 하면 무릎이 안으로 모이는 것을 방지할 수 있다.

POINT 4. 신발의 중요성

쿠션이 있는 신발보다는 바닥이 지면에 안정감 있게 닿는 평평하고 딱딱한 운동화를 착용해야 흔들리지 않게 안정적으로 원하는 동작을 수행할 수 있다.

POINT 5. 단백질의 중요성

우리나라 사람들은 탄수화물을 참 좋아한다. 고기집에 가서 고기 먹고 찌개에 밥 먹고 후식으로 냉면까지 먹는다. 그리고 커피숍에 가서 달달한 음료나 조각 케이크를 먹으며 힐링한다고 이야기한다. 이건 힐링이 아니라 킬링이다.

매일 자신도 모르는 사이에 탄수화물을 많이 섭취하게 된다. 그리고 단백질 섭취가 부족한지도 인지하지 못하는 것 같다.

간혹 다이어트 한다고 샐러드만 먹고 고기 등의 단백질 섭취를 소홀하게 하면 근육은 성장하지 못한다. 엉덩이도 커지지 않는다. 오히려 더 쪼그라든다.

게다가 탄수화물 섭취도 중요하다. 탄수화물은 운동 시에 에너지를 주고 근육 성장과 회복에 도움을 준다.

나의 좌충우돌 경험에 의하면 한때 근육이 우락부락하게 될까봐 식단을 하면서 가벼운 무게의 덤벨과 바벨만 이용해서 운동을 했다. 그런데 얻은 결과는 살이 빠지면서 엉덩이도 같이 빠져 밋밋한 엉덩이가 되어 버렸다. 밋밋하고 납작하고 슬림한 몸을 원한다면 그렇게 해도 되겠지만, 내가 원하는 몸은 그런 몸이 아니어서 속상했다.

주의할 점은 가공식품은 피해야 한다는 것이다. 분쇄육인 소시지, 떡갈비, 완자, 고기 통조림, 간장으로 졸인 계란 등을 먹으면 안 된다.

가공식품은 고기를 분쇄해서 물, 전분, 소금, 튀김가루, 인산염 등과 각종 향신료를 넣고 혼합한 말 그대로 가공한 식품이다. 식품 본래의 형태를 유지하고 있는 단백질을 먹어야 한다.

계란, 닭고기, 소고기, 생선 등을 섭취하자. 개인적으로 생선과 두부는 좋아하는 편이 아니라 어쩌다 먹지 찾아서 먹지 않았다. 그리고 두부 같은 식물성 단백질보다는 나이가 들수록 동물성 단백질을 먹어야 한다. 내가 즐겨 먹는 음식은 현미비빔밥이다. 그래서 단백질은 계란프라이로 자주 보충했다. 삶은 계란을 먹는 것은 개인적으로 힘들어서 프라이를 택했다.

탄수화물, 단백질, 지방을 골고루 섭취하면서 무게를 드는 운동을 한다면 곡선이 아름답고 탱탱한 힙을 만들 수 있다고 자신 있게 말할 수 있다.

📎 point 6. 기구 운동보다 프리웨이트

프리웨이트는 머신보다 더 많은 근육이 개입되는 다관절 운동이다.

그런데 기구에 편하게 앉아서 밀고 당기는 운동은 단일관절 운동이다. 이런 단일관절 운동은 몸통의 안정화를 담당하는 코어근육을 많이 쓸 수 없게 한다.

스쿼트나 데드리프트 등 다관절 운동을 할 때는 전신의 힘을 쓰면서 균형을 잡기 위해 저절로 코어에 힘이 들어간다(별도의 복근 운동없이 프리웨이트만으로도 복근이 만들어지는 원리이기도 하다).

우리의 몸은 입체적이라 다관절 운동을 해야 몸의 변화가 균일하게 오고 예쁜 비율의 몸을 만들 수 있다.

피부과 가지 않고 동안 만드는 법

중년! 웃을 일도 별로 없고 뚱 하고 심드렁해 지는 나이에 사는 재미 역시 없다. 유러피언 시크, 숏커트를 시도했다가 잘못하면 중년 아저씨로 보일 수도 있는 억울한 나이.

《그렇게 중년이 된다》의 저자 무레 요코는 그녀의 책에서 중년의 나이에 커트 머리를 했다가 초등학생이 뒤에서 "아저씨!"라고 불러 충격을 받았다며, 중년이 되면 커트 머리도 신중해야 한다고 했다.

가만히 있어도 서글픈 나이인 중년인데, 지나가는 초등학생에게 한 방 먹기까지 하는 그런 시츄에이션은 생각하고 싶지 않다. 중년은 살이 빠지면 드러나는 주름과 쳐지는 얼굴에도 신경

을 써야 할 나이다.

쇳덩이를 들어올리는 근력 운동을 하는 남자들을 보면 온 얼굴에 힘을 쓰며 운동을 한다. 물론 중량이 높아지면 자신도 모르게 얼굴에 힘이 들어간다. 그러다 보면 얼굴에 주름이 새겨지게 되고, 한 번 생긴 주름은 쉽사리 없어지지 않는다.

가뜩이나 사는 재미도 없고 체력과 외모 모두 시드는 나이지만 쇳덩이를 드는 근력 운동이 필수라고 해서 아령을 들어 보니 웬걸! 웃음이 나오기는커녕 똥 쌀 정도로 힘들기만 하다.

그래서 나는 나도 모르게 근력 운동을 할 때 의식적으로라도 웃으며 운동을 한다.

'아흑! 힘들어' 하다가도 '앗! 얼굴에 주름 생길라. 웃자.' 하며 억지로 웃는다.

한 성형외과 의사의 '노화 막는 법' 영상을 본 적이 있다.

그 의사에 따르면 동물은 뇌와 심장이 수평선상에 있지만 인간은 뇌·심장이 수직으로 되어 있어서 중력에 의해 심장이 부담을 받는다. 오래 걷거나 앉아 있으면 다리가 붓고 피는 아래로 머물러 있어 하지정맥류나 전립성비대증을 유발하는 원인이된다. 피는 위로 올라가야 한다.

경(목)동맥으로 혈류가 올라가야 하는데, 올라가지 못하고 아래에 머물러 있는 시간이 누적되면 얼굴뼈의 볼륨이 점점 줄어든다. 그 말은 즉, 얼굴 조직도 노화된다는 것이다. 뼈가 줄어들면서 그 뼈의 지지력이 약해져 남는 피부는 갈 곳을 잃어 처져버린다.

노화를 막으려면 열심히 운동을 해서 피를 위로 끌어올려 주어야 한다. 누워 있거나 앉아서 TV를 보고 스마트폰을 만지작거리며 계속 편리를 추구하는 생활을 한다면 우리 몸은 덜 쓰이게 되고, 그만큼 혈류 공급이 적어지게 된다. 그러면 지지하는 안면 조직들이 줄어들어 노화가 빨리 오게 된다.

노화를 막으려면 얼굴로 가는 혈액 공급을 더 열심히 늘려 주어야 한다.

가장 쉽게 얼굴로 피를 올리는 법은 얼굴에서 가장 큰근육인 광대근육과 턱근육을 쓰는 것이다. 음식도 많이 씹고(저작운동) 입꼬리를 올려 광대근육을 위로 끌어올려 주어야 한다.

특별히 얼굴 운동이라 할 것 없이 평소에 많이 웃어라. 웃을 일이 없다면 억지로라도 더 웃어야 한다. 얼굴 노화를 막는 데 웃음이 이렇게 큰 효과가 있으니 나는 의식적으로라도 더 미소를 지으며 운동한다. 신기한 것은 '죽겠다, 힘들다' 표정으로 하는 것보다 웃다 보니 기분도 꽤 괜찮아진다는 것이다.

그러나 웃는 것이 좋다고 앉아서 움직이지도 않고, 피자·치킨 먹어 가며 웃으면 실성한 사람으로 오해받을 수 있다.

오래 앉아 있으면 피떡이 생겨 다리에 부종이 생기고 뱃살이 늘어난다. 허리도 약해진다. 그러다 보면 근육이 빠지게 되어 노화가 더 빠르게 온다.

오래 앉아 있으면 척추디스크 위험도 증가한다고 하니, 디스크 수술해서 재활운동을 하기 싫다면 더 나이가 들기 전에 몸을 일부러라도 움직여야 한다.

노화를 방지하려면 슬퍼도 웃고, 화나도 웃고 몸을 많이 써야 한다.

웃음은 노화 방지 이외에도 부(富)를 부르는 습관이라고 하지 않는가. 부자가 되고 싶으면 웃으라고 일본의 부자이자 베스트셀러 작가 사이토 히토리는 이런 말을 했다.

"세상에서 투자 없이 돈을 벌 수 있는 방법은 웃음밖에 없다. 웃음에 투자하지 않고 고객을 끈다는 것은 세상에서 가장 어리석은 일이다. 행운은 우연이 아니라 준비된 사람에게만 우연처럼 찾아오는 선물이다."

관상학에서는 웃는 얼굴은 입꼬리가 올라가기 때문에 재물이 흘러내리지 않는다고 한다.

웃음은 행운을 불러 들이는 힘이 있어 얼굴에 빛이 나고 운도 좋아진다고 한다. 재물도 흘러 내리지 않고 얼굴의 노화도 방지하는 미소는 돈 들이지 않고도 우리를 행복하게 해주는 마법이다.

그래서 오늘도 나는 웃으며 운동을 한다.

쫀쫀한 피부, 돈이 안 들어가는 천연주사

누구나 노화에 대한 두려움이 있다. 깊어지는 주름과 늘어나는 흰머리를 발견하면 심란하고 우울하며 짜증마저 난다. 인간의 노화는 혈관에서 시작된다.

그래서 내가 지키는 것들이 있다.

첫째, 당지수가 높은 음식은 되도록 피한다.

당분이 혈액으로 가서 혈당이 높아지면 끈적끈적한 '피떡'을 만들어 고혈압, 당뇨, 이상지질혈증(고지혈증) 같은 병을 유발한다.

달달한 음식뿐만 아니라 하얀 탄수화물과 과일 주스도 되도록 마시지 않는다. 이런 음식은 인슐린 수치를 확 끌어올리기 때문이다. 단음식은 순간 쾌락중추를 자극해서 도파민을 분출하게 한다. 순간은 기분이 좋지만 이는 마약과도 같다. 몸에 좋지 않은 걸 알면서 자꾸 찾게 되니까 말이다.

당이 많이 든 음식을 먹으면 우울증에 걸리기 쉽다는 연구결과도 있다. 가뜩이나 허탈한 기분이 들고 우울한 기분이 드는 중년의 나이에 돈을 써가며 우울증을 야기하는 음식을 먹을 필요까지 있을까.

두 번째, 매끼 단백질을 섭취하려고 노력한다.

성장호르몬은 노화와 관련이 깊어서 50세 이후부터 매년 15% 이상 떨어지고, 60대가 되면 20대의 절반으로 줄어든다. 뇌하수체 전엽에서 생성되는 성장호르몬은 세포 재생을 돕고 수치가 낮아지면 근육이 분해된다.

그래서 전문 운동선수들이 성장호르몬 주사를 맞아 과도하게 근육을 키우기도 하고, 노인에게 성장호르몬을 투입해 근육 생성에 도움을 주기도 한다. 또 갱년기 우울증을 겪는 중년에게도 성장호르몬을 투여하면 우울증 감소에 도움이 된다고 한다.

성장호르몬은 지방분해 효과도 있기 때문엔 비만인 사람은 적정체중의 일반인보다 성장호르몬 수치가 낮다.

이 성장 호르몬은 단백질 합성을 촉진한다. 특히 나이가 들수록 단백질 활용 능력은 떨어지고 근육 만들기도 쉽지 않기 때문에 단백질을 섭취해야 한다.

다이어트 한답시고 샐러드만 먹지 말고 적극적으로 소고기, 연어, 계란, 닭가슴살 등 질 좋은 단백질을 챙겨 먹어야 한다.

다이어트를 하다 보면 머리카락이 빠지거나 손발톱이 약해져 잘 부러지기도 한다. 설상가상으로 살이 빠지면서 주름도 더 생기고 도드라져 보이는데 이를 최소화하려면 단백질을 부지런히 잘 챙겨 먹어야 한다고 강조하고 또 강조한다.

나의 경우 매 끼니마다 단백질을 잘 챙겨 먹는다. 단백질 보충제는 개인적으로 단백질을 섭취하지 못하는 상황이 아니라면 먹지 않는 것이 좋다. 최대한 씹어서 저작운동을 통해 뇌에 포만감이 전달되도록 생물의 자연 식품을 먹는다.

닭이나 계란이 질릴 때는 연어, 소고기, 목살 등을 먹는다. 간혹 두부(식물성 단백질)를 먹지만 나이가 들수록 식물성 단백질보다는 동물성 단백질 섭취가 중요하므로 되도록 식물성 단백질은 먹지 않는다.

셋째, 하체 운동은 빡세게!

나이든 할머니 할아버지들은 허벅지가 앙상하다.

나이가 들수록 하체의 근육은 빠지고 복부로 지방이 몰리면서 꿀벌 같은 몸이 된다(꿀벌은 꿀이라도 모으지 꿀벌 몸은 쓸데도 없다). 그러다 보면 관절이 약해 지면서 골절상을 입게 된다.

유산소 운동도 좋지만 근력 운동을 하면 성장호르몬 분비가 왕성해진다. 특히 하체 근력 운동을 열심히 해야 한다.

하체 운동하다가 욕해 본 적이 있는가? 나는 욕이 여러 번 나온다. 컨디션이 안 좋은 날은 가벼운 중량으로 하지만 대부분 육두문자 나올 정도로 한다.

욕은 나오지만 성장호르몬도 같이 나오니 다행이다. 하체근육에서 분비되는 아이리신 호르몬이 나쁜 지방을 좋은 지방으로 바꿔줘 인슐린 저항성을 높여 준다.

이처럼 하체 운동 시에 성장호르몬이 폭발적으로 증가하는데, 오랜 시간 저강도 유산소 운동을 하면 스트레스성 호르몬이 나와 마이너스다.

여기서 중요한 점은 하체운동을 할 때는 큰근육을 강하게 단련하고 휴식시간은 짧게 가져가야 성장호르몬이 강렬하게 분비된다는 것이다.

　유튜브나 인터넷을 보면 하체 운동이나 힙 업 운동이라며 핑크덤벨을 가지고 깔짝거리는데, 사실 그런 건 재활 내지 왕초보나 하는거다. 그런 운동은 성장호르몬에 발톱만큼의 영향을 줄까 말까다.

　힙 업이 목표라면 핑크덤벨로는 어림도 없다.

　운동 쌩초보나 나이가 많으면서 운동이 처음인 분은 가벼운 덤벨부터 시작해도 좋다. 하지만 어느 정도의 체력이 받쳐 준다면 무게를 점진적으로 늘려가면서 점진적 부하운동으로 하체 운동을 해야 근력도 생기고 성장호르몬 분비도 왕성해진다.

　영리하게 늙자! 그렇지 않으면 실버타운 조기 입학은 따 논 당상이다.

　아픈 주사를 비싼 돈까지 내가며 맞을 필요가 있을까?

　운동을 하면 우울증에도 좋고 몸매도 좋아지고 성장호르몬도 준다.

　운동을 하면 몸이 선물을 준다. 나에게 주는 선물이라면서 명품가방을 사고 디저트를 먹기보다 진정 나에게 주는 선물은 평생 데리고 다닐 내 몸을 위한 건강이 아닐까.

'골룸'같은 몸이 될 것인가,
'볼륨' 있는 몸이 될 것인가!

인터넷에서

"제 키가 160cm이고 몸무게가 65kg인데 몇 kg까지 빼야 할까요?"

같은 질문을 자주 본다. 답은 몸무게 보다 눈바디다.

같은 몸무게라도 어떻게 관리했느냐에 따라 쉐이핑이 다르다.

토익 점수 고득점과 스피킹 실력은 다르다. 토익 점수가 높다고 회화를 잘하는 것은 아니다. 낮은 몸무게 숫자가 매력적인 몸매와 비례하는 것이 아니듯이.

이마에다 65kg, 52kg라고 쓰고 다닐 것도 아니고 몸무게가 60kg이어도 49kg 보다 더 아름다운 라인을 가진 사람도 있다.

근육이 지방보다 무게가 많이 나간다. 하지만 오른쪽 사진의 몸매가 왼쪽 사진보다 정돈되고 보기 더 좋다.

유산소 운동으로만 뺀 몸과 근력운동까지 병행한 몸은 라인자체가 다르다. 나의 몸도 아직 진행형이지만 그동안 숱하게 변화를 맞았다. 같은 몸무겐데 근력 운동을 꾸준히 하니 전보다 비교할 수 없을 만큼 달라졌다.

숫자는 무시하기는 힘들지만 너무 연연할 필요도 없다.

몸무게 숫자만 낮추고 싶으면 식단만 하고, 몸매도 좋게 하려면 근력 운동도 해야 한다.

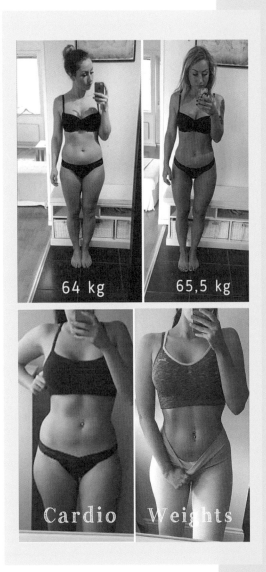

나이가 들면 콜라겐이 줄어들어 얼굴살도 사라진다. 그래서 필러를 맞는 사람들도 많다. 하지만 무리한 다이어트는 얼굴을 상하게 한다. 어디 아파보이냐는 소리 듣기 딱 좋다.

중년에는 적당한 체지방이 있어야 어려 보인다.

통상 남성미는 넓은 어깨와 광활한 등·다부진 팔로 상체에 집중되어 있지만, 여자의 아름다움은 허리와 엉덩이 라인에서 떨어지는 곡선미에서 나온다.

여성미를 주력으로 보는 비키니대회의 심사 기준도 전반적인 균형미와 굴곡진 볼륨, 즉 허리와 힙 라인을 집중적으로 본다. 유명한 선수 지도자들도 비키니대회에서 50% 심사는 이미 엉덩이 라인에서 결정난다고 한다.

여성스러운 라인을 위한 근력 운동 시에는 가벼운 덤벨로는 한계가 있다. 특히 동양인은 납작한 엉덩이가 많아서 더욱 더 열심히 단련해야 한다.

무거운 무게를 들면 우락부락해지는 게 아니냐고 하는데, 그 말은 마치 "저 편의점에서 10시간씩 일하는데 이러다 이건희 회장 되는 거 아니냐."는 말이나 같다.

식사 조절 안 하고 운동하면 지방이 붙는데, 그것을 커진 근육으로 착각할 수도 있다. 그런데 클린한 식사를 하면서 버거울 정도의 무게로 운동을 해도 여자는 테스토스테론이 거의 생산되지 않기 때문에 태생적으로 근육을 키우기가 쉽지 않다.

아놀드 슈워제네거의 보디빌딩백과에는 이런 말이 나온다.

"당신의 근육세포는 당신이 여자란 걸 모른다. 남자든, 여자든 근육섬유는 둘 다 같은 근육섬유고, 둘 다 똑같은 종류의 운동과 훈련 테크닉에 반응한다."

여자도 남자만큼 운동해야 하는 이유이다.

뱃살 빼는 확실한 방법

뱃살 빼는 운동법을 검색하면 수많은 복근 운동들이 소개된다. 서점에는 뱃살만 빼준다는 책들도 많다. 복근 만드는 법? 살 빠지면 복근 운동 없이도 복근은 저절로 드러난다. 사람은 누구나 복근을 가지고 태어났기 때문이다.

그러니까 뱃살만 빼는 운동법은 없다. 빌 게이츠 사채쓰는 소리다.

간혹 '밥도 안 먹는데 살이 안 빠진다.', '아랫배가 두둑하다.'라는 말을 하는 사람들을 본다. 그 사람들의 식단을 유심히 보면 끼니의 패턴은 이렇다. 샐러드, 과자, 오렌지주스, 빵으로 아침 · 점심을 먹고, 저녁에는 방울토마토 5알…. 그리고 저녁

마무리로 맥주 한 캔.

안주 안 먹고, 밥도 안 먹었으니 맥주를 대신 먹는 건 괜찮은 줄 안다.

자주 하는 말이 "밥도 안 먹는데 살이 안 빠져요."이다. 차라리 밥이 낫다(건강한 탄수화물이라는 조건하에). '과자 · 주스 · 빵 · 술 =나쁜 탄수화물'이라는 공식을 염두에 두어야 한다.

그리고 저런 식단은 사람은 기진맥진하게 만들고 몸에 탄력도 떨어뜨린다. 한마디로 더러운 dirty food만 가득 몸에 넣는 식단이다.

앞서도 말했듯이 내가 다이어트를 하면서 일반식을 줄여서 먹고도 금지하는 음식들이 과자, 주스, 빵, 술 등이다. 그런데 저 식단에는 죄다 들어가 있는데다가 중요한 건 단백질이 보이지 않는다는 것이다.

내 식단에는 매끼 꼭 들어가는 것이 계란, 닭고기, 소고기, 두부 등의 단백질이다. 단백질을 잘 먹어야 탄탄한 shape를 만들어준다.

또 어떤 사람은 닭가슴살을 먹는데도 살이 안 빠진다고 하는데, 알고 보니 라면에 닭가슴살을 찢어 넣어 닭육개장을 만들어 먹거나, 심지어 프라이드 치킨도 닭이 아니냐며 강짜를 부린다.

살 빼는 법, 특히 뱃살 빼기는 미국에서 이렇게 말한다.

Abs are made in kitchen!
복근은 부엌에서 만들어진다.

음식 조절이 가장 중요하다는 뜻이다.

미국에서는 '복근은 부엌에서 만들어진다'라고 하지만 재치 넘치는 한 한국 네티즌의 아래 표현이 딱이다.

아직 운동에 대한 명언을 모르시는군요.
식단 관리 없이
헬스를 열심히 하면 힘이 센 뚱뚱이,
수영을 열심히 하면 물에 뜨는 뚱뚱이,
조깅을 열심히 하면 오래 뛰는 뚱뚱이,
요가를 열심히 하면 유연한 뚱뚱이.

몸의 전체적인 살과 뱃살을 빼는 방법은 아래와 같다.

1. 건강하지 않은 음식들을 피해야 한다.

시판 음료수든, 집에서 먹는 착즙 주스든 다 먹지 말아야 한다. 술, 튀긴 음식, 면류, 빵도 피해야 한다. 다이어트한다면서 과일과 채소를 갈아서 마시는 사람들이 있다.

나는 과일주스는 다이어트 기간에 먹지도 않고, 다이어트 기간 외 조금 더 자유롭게 먹을 때도 과일주스는 사 먹지도 갈아 먹지도 않는다. 집에서 첨가물 없이 생과일을 갈아 먹어도, 가는 과정에서 섬유질이 제거되어 몸에 바로 흡수되어 혈당치를 올리기 때문이다. 과일에는 당이 많이 들어 있다. 사과주스 한 잔은 콜라 한 잔에 들어 있는 설탕량과 맞먹는다.

내가 더 중요하게 생각하는 것은 갈은 음식이든 액체로 된 음식은 술술 들어가긴 엄청 들어가는데 포만감은 없다는 것이다.

그래서 웬만하면 죽도 피한다. 오트밀 죽을 제외하고 호박죽이나 누룽지를 먹다 보면 큰 대접으로 먹고도 금방 배가 꺼진다. 저작 운동을 하지 않기 때문이다.

사람은 이로 음식을 갈고 씹을 때 침이 분비되는 과정에서 뇌는 포만감을 느낀다.

정 과일이 먹고 싶다면 다 먹지 말고 적당한 양을 잘라서 씹어 먹는 저작 운동을 해야 포만감이 생긴다. 특히 과일은 저녁 전에 먹는 것으로 정한다.

2. 술은 정말로 위험하다.

술은 살을 찌게 하면서 동시에 복부비만의 주범이다.

술에 들어 있는 알콜은 1g당 약 7kcal로 고칼로리다. 생맥주 500cc가 250kcal이고, 밥 100g은 120kcal인데 거의 밥 한 공기 칼로리다.

술을 먹을 때 술만 먹는 게 아니라 안주도 같이 먹게 된다. 또 술을 마시고 나면 라면으로 마무리하고 싶고, 아이스크림도 먹고 싶어진다. 몸속에 쓰레기를 때려 넣는 꼴이다.

 꼼수팁! 정말 술이 마시고 싶다면?

한여름, 아이들 땜에 화가 치솟은 날, 정말 지치는 날. 맥주 한 잔이 생각난다면!

무알콜 맥주를 권한다. 다이어트를 하면서 맥주가 당길 때 가끔씩 무알콜 맥주를 마셨다.

수입산 무알콜 맥주는 슈퍼마켓에서 구입하기가 쉽지 않지만 온라인에서 주문이 가능하다.

맛은 호불호가 있어서 추천은 못하고 맥주를 마시다가 무알콜을 맛본 사람들은 절레절레하는데, 이것도 못 먹겠고 저것도 싫고 하면 이번 생엔 틀렸다.

밥을 먹지 않고 술만 마셔도 배가 엄청 나온다. 우리 집에도 그런 양반이 있다. 싸이클을 타고 테니스 매니아에 아침마다 헬스장을 가지만 밤마다 밥 없이 술을 마시는 남편의 몸은 나아지긴커녕 배가 점점 나와서 아재의 몸이 되었다.

술 마시기 위해 운동을 한다는 모토는 좋지만 십 년 이상을 지켜 보면 철인3종 경기하듯 운동을 해도 술이 다 리셋시켜 버리고 근육 손실을 불러서 살에 탄력이 없다.

실제로 술을 많이 마시는 사람의 살은 탄력이 적고 물렁살이 많다.

3. 유산소 운동과 근력 운동을 병행해야 한다.

정확히 말하면 걷기가 아니라 파워워킹이나 달리기를 해야 한다. 저강도 유산소 운동은 식욕을 더 높이지만 인터벌이나 달리기·근력 운동 등의 고강도 운동은 오히려 식욕을 떨어뜨린다.

그리고 걷기는 시간 대비 살 빠지는 효과가 미비하다. 건강한 음식이 살을 빼준다면 유산소 운동은 지방을 태우고 근력 운동은 몸의 라인을 만들어준다. 심한 비만이라면 걷기부터 시작해야 하겠지만, 빠르게 걷거나 달리기는 시간 대비 효율적으로 살을 빼준다.

또한 웨이트 트레이닝도 동시에 해줘야 한다. 식사 조절과 유산소 운동이 체지방을 빼는 거라면 몸의 선은 근력 운동으로 완성된다. 그리고 근력 운동은 몸의 염증 반응을 떨어뜨린다.

뱃속에 있는 지방은 염증이라 한다. 이 염증은 몸에서 버티고 버티다 암으로 된다는 연구 결과도 있다.

식사 조절과 유산소 운동만 하면 탄력 없이 흐물흐물해진 해파리 몸이 된다. 근력 운동은 늘어지려고 하는 살들을 탄탄하게 잡아 주고 나아가 몸을 아름답게 조각할 수 있다.

≫≫≫ 시간당 칼로리(kcal) 소비표

종류＼체중	50kg	60kg	70kg	1kg 당
산책하기	176	211	246	3.52
조깅	418	502	585	8.36
빨리걷기	264	317	370	5.28
줄넘기	418	502	585	8.36

출처 : 국민체육진흥공단 체육과학연구소

4. 저녁의 탄수화물

현실적인 식단에서 삼시세끼 밥을 먹고 다이어트를 추구한다.

하지만 좀 더 빠르고 드라마틱하게 군살을 없애고 쏙 들어간 배를 보고 싶다면 저녁에 탄수화물을 안 먹어볼 것을 추천한다.

줄이는 현실 다이어트 식단에 익숙해졌다면 시동을 걸어서 저녁에는 노 탄수화물을 해보면 좋다. 뱃살에 특효다.

인체는 8시간의 주기로 움직인다고 한다.

• 낮 12시-저녁 8시 : 섭취 주기(먹고 소화시킴)

• 저녁 8시-새벽 4시 : 동화 주기(흡수 및 사용)

• 새벽 4시-낮 12시 : 배출 주기(몸의 노폐물이나 음식 찌꺼기 제거)

밤늦게 먹으면 음식이 위를 떠난 이후 진행되는 동화 주기를 방해하기 때문에 다이어트에 좋지 않다.

사람마다 생활 패턴이 있고 직업이 다양해서 저녁을 늦게 먹어야 하는 사람도 있겠지만, 마지막 저녁식사는 가볍게 하는 게 좋다.

그리고 경험상 저녁식사는 7시 안에 먹어야 효과가 더 좋았다. 5시에 먹으면 늦은 밤에 배가 고팠고, 8시가 넘어서 먹으면 뱃살 감량이 드라마틱하지 않았다. 6~7시 사이에 먹는 것이 가장 효과적이다.

《디너 캔슬링》의 저자는 밤에 식사를 많이 해 소화과정이 길어지면 멜라토닌 생성이 억제되고, 피자나 튀김 등을 먹으면 호르몬상으로도 '늙는다'고 한다.

5. 충분한 수분 섭취

물은 인체를 정화하는 기능을 한다. 물을 많이 마시면 신장에서 노폐물이 걸러진다. 하루에 물을 2리터 이상 마시는 게 좋다고 한다.

물을 잘 못 마시면 각종 어플을 활용해서 알람을 설정해 놓으면 물을 마시라는 신호를 주게 한다. 아니면 하루 목표 양의 물을 작은 병에 나눠 담아 하나하나 마셔 나가는 법도 있다.

뱃살이 찌면 척추에도 무릎에도 부담을 줘서 허리디스크나 무릎관절에 악영향을 끼친다.

급격하게 살이 쪘을 당시 허리와 무릎이 아파 병원에 간 적이 있었는데, 허리디스크라며 수술을 하라는 권유를 받았다. 허리 수술은 대수술이고 수술에 대한 의구심이 들어서 수술은 받지 않았다. 암 수술 후 건강하게 살 것을 다짐하고 건강한 식습관과 근력 운동을 병행하니 허리도 무릎도 더 이상 아프지 않았다.

원인은 내 경우 그냥 살이 쪄서였다. 비만이 만병의 근원이라는 말이 그냥 하는 말이 아니었다.

《아무튼, 사는 동안 안 아프게》의 저자 한상석 님은 영상의학과 전문의이다.

그는 책에서 이렇게 말한다.

"환자 준비되었다고 초음파실에 들어섰을 때, 배불뚝이 환자가 누워 있으면 한숨부터 나오고 환자 보기가 딱 싫어진다. 왜? 뱃속이 안 보이니까.

음파는 반사체가 많을수록 음의 세기가 점점 약해져 깊이 들어갈수록 깜깜이가 된다. 게다가 그런 환자들 대부분이 심한 지방간이 있는데, 이 지방이란 놈이 음파를 많이 흡수해 버리니 간조차 잘 안 보이는 경우가 많다. 이 모든 것의 시발점은 과식에 있다. 식탐 하나를 절제하지 못해 치르는 대가 치고는 너무 크지 않은가?"

사실 제목은 뱃살 빼는 법이라고 적었지만 다이어트 기간 내내 사채업자처럼 끝까지 따라다니는 것, 가장 늦게 빠지는 살이 뱃살이다. 위의 방법을 준수하면 뱃살 이전에 전신의 살들이 먼저 빠져 있을 것이다.

필수 운동 장비템

🖇 러닝화

근력 운동 시에는 바닥이 딱딱한 신발을 사용한다. 그리고 걷기 · 달리기 · 러닝머신 등의 유산소 운동 시에는 발바닥의 충격을 흡수하도록 고안된 러닝화를 신는다

러닝화는 발의 아치에 맞춰 파여 있어서 걷고 달리기에 적합하다.

🖇 역도화

근력 운동 시에는 역도화 또는 바닥이 딱딱한 신발을 추천한다.

바닥이 폭신폭신하면 데드리프트, 스쿼트, 런지 등을 할 때 밸런스 잡기가 쉽지 않고 흔들려서 방해가 된다.

바닥이 딱딱한 운동화는 특히 무게를 올리는 웨이트 트레이닝을 할 때 하체를 안정감 있게 지지해 준다.

📎 손목보호대

어깨 운동, 벤치 프레스 등 상체 집중 운동 시에 꺾일 수 있는 손목을 잡아주는 역할을 한다.

나이가 들면 손목도 더 약해지기 때문에 손목보호대를 준비해 놓으면 좋다.

📎 리프팅 벨트

웨이트 벨트, 리프팅 벨트, 웨이트 트레이닝 벨트 등으로 검색하면 여러 상품들이 나온다.

가벼운 바벨로 스쿼트나 데드리프트를 할 때 벨트까지 착용은 오버 아니냐고 할 수 있지만, 모든 보호 장비는 부상 후에 착용하는 것보다 부상 방지용으로 미리 착용하는 것이 좋다. 특히 나이가 들면서 뼈와 근육이 약해져 있는 상태에서 운동을 하면 부상의 위험이 높기 때문에 꼭 착용할 것을 추천한다.

웨이트 벨트는 등 하부의 근육을 지지해 주고 복압을 높여서 허리의 부상을 방지한다.

힙밴드

힙밴드는 스쿼트 자세를 잡아 주거나 홈트(홈트레이닝)용으로도 적 격이다.

워밍업을 할 때 사용하기도 하고, 마무리 운동 시에도 사용할 수 있는 활용성이 높은 도구다.

보통 힙을 중심으로 운동하는 여성이 더 다양하게 활용할 수 있다. 브랜드별로 특징이 다르지만 보통 초보자, 중급자, 고급자용의 단계별로 구성되어 있어 본인의 상태에 맞는 제품을 준비하면 된다.

무릎보호대/니밴드

웨이트벨트와 같이 부상 방지 목적으로 착용할 것을 추천한다.

웨이트 운동을 할 때만 사용하는 것이 아니 라 등산 · 자전거타기 등을 할 때도 많이 사용하 는 장비다.

웨이트 시에는 중량을 들 때 무릎이 받는 하 중을 재분배해서 지지력을 올려주고 무릎을 편 안하게 받쳐준다.

스트랩

손목에 차고 바벨에 감아 사용하는 악력 보조용 헬스 장비이다.

무거운 무게를 들 때 사용하면 맨손으로 들지 못하던 무게도 들게 해준다. 하지만 무조건적인 사용은 좋지 않다.

스트랩에 의지하면 악력 발달이 더디 어지기 때문에 힘이 빠지거나 고중량 운 동을 할 때만 사용하여야 체력을 기르는 데 도움이 된다.

요요 없는 평생 습관

처음에는 우리가 습관을 형성하지만,
나중에는 습관이 곧 우리를 형성한다

- 존 드라이든 -

공부, 다이어트!

이 둘은 인간의 본능을 거스르는 대표적인 것들이다. 놀고
싶고 자고 싶은 것을 참아가며 공부한다는 것, 식욕을 누르고
기꺼이 무거운 엉덩이를 떼어 운동을 하는 것. 모두 쉽지 않다.
하긴 세상에 쉬운 게 어디 있을까.

SNS의 발달로 전국 명물 맛집의 음식도 쉽게 받아 볼 수 있

어서 살찌기 참 좋은 시대다.

그러니 다이어트 한답시고 샐러드, 닭가슴살로 반짝 몇 주, 몇 달 했다가 몰아쳐서 전국 각지의 맛있다는 음식·빵을 흡입하고 요요가 오면 또 지겨운 다이어트를 한다고 샐러드, 닭가슴살, 무한반복이다.

몸에서 수분만 빼는 '가짜'다이어트가 아니라 건강한 식사와 운동을 통한 '진짜'다이어트가 평생의 습관이 되어야 한다.

무엇보다 나는 운동을 더 강조하고 싶다. 예전에는 운동을 하러 가는 것이 곤욕이었다. 그러나 이제는 헬스장 휴관일을 먼저 체크하고 대안을 세운다. 휴관일엔 공원으로, 다른 헬스장에서 일일권을 사서 운동하기도 한다.

주말엔 마음껏 먹고 싶은 음식 먹는 치팅데이(cheating day)에서 이제는 여유로운 시간을 가지고 운동할 수 있는 날로 생각이 바뀌었다. 외부적인 일정으로 운동을 며칠 못하게 되면 이 안닦고 자는 것처럼 찜찜하다. 나도 이런 내가 신기하다.

《습관의 힘》에서 2002년 뉴멕시코 주립대학교의 연구진은 일주일에 세 번 이상 운동하는 266명을 대상으로 사람들이 습관적으로 운동하는 이유를 연구했다.

그들이 운동을 꾸준히 하게 된 이유, 즉 습관이 된 이유에서 한 그룹의 92%가 '기분이 좋아지기' 때문이라고 대답했다. 그들은 그것을 특별 보상이라고 불렀다.

다른 그룹의 67%는 운동 후 '성취감'을 느낀다고 대답했다.

결국 이런 자기 보상이 운동을 습관으로 발전시키기에 충분했다는 뜻이다. 전적으로 동의한다. 내가 식사 조절보다 운동을 더 강조하는 것은 이 때문이다.

식사 조절로는 기분이 좋아진다거나 성취감같은 단어는 떠오르지 않는다. 반면에 운동을 하면 에너지가 솟아나고 진취적이 된다. 오늘도 '내가 이겼다.'는 성취감 또한 장착된다.

그리고 나이가 드는 데도 불구하고 어제보다 나은 체력과 활력, 근육, 몸의 선이 자기 보상을 충족시켜 준다.

사람들은 내면의 아름다움에는 가치를 부여하고, 외모에 치중하면 외모지상주의자라고 말한다.

파울로 코엘료는 이렇게 말했다.

"사람들은 늘 외면의 아름다움이 아니라 내면의 아름다움이 중요하다고 말하는데, 꼭 그렇지만은 않다. 외면의 아름다움이 중요하지 않다면, 어째서 꽃들은 그토록 아름답게 꾸미고 벌을 유혹하려 할까? 어째서 빗방울들은 무지개로 탈바꿈하여 태양을 맞이하려 할까"

100세 시대를 사는 우리는 원치 않아도 고령화 기차에 올라타야 한다. 앞으로 살아내야 할 인생을 아픈 몸으로 꾸역꾸역 살 것인지, 건강하고 활력 있게 살 것인지 고려해봐야 한다. 또한 전보다 더 오래 살게 되었지만 직장은 우리를 빨리 버린다.

여러모로 위기다. 늙어가는 마당에 아픈 부모, 대출금, 아이들 교육비, 고용 불안정 등이 중년을 숨막히게 한다.

엄마들은 아이들 키우느라 경력 단절로 30대를 통으로 날렸다. 아이들이 어느 정도 크고 40대가 되어 재취업을 하려고 하면 마땅히 할 만한 곳도 없다.

내가 탐내는 것은 남도 탐내서 경쟁이 치열하다. 비슷비슷한 조건의 구직자라면 고용주는 누구를 채용할까? 게을러 보이는 외모와 활력이 느껴지는 사람 중에 내가 오너라면 후자를 택할 것이다. 이게 현실이다.

아우슈비츠 수용소에서 겪은 이야기를 담은 빅터 프랭클의 유명한 저서 《죽음의 수용소》에 한 스토리가 나온다.

수감자들은 매일 생사의 갈림길에서 불안한 나날을 보내고 있었다. 그곳에서 한 동료가 이런 말을 한다.

"단 한 가지만 자네들에게 당부하겠네. 가능하면 매일같이 면도를 하게. 유리 조각으로 면도를 해야 하는 한이 있더라도. 그것 때문에 마지막 남은 빵을 포기해야 하더라도 말일세.

그러면 더 젊어 보일 거야. 뺨을 문지르는 것도 혈색이 좋아 보이게 하는 한 가지 방법이지. 자네들이 살아 남기를 바란 다면 단 한 가지 방법밖에는 없어. 일할 능력이 있는 것처럼 보이는거야. 자네들은 '회교도'라는 말이 무슨 뜻인지 알고 있나? 불쌍하고, 비실비실 거리고, 병들고, 초라해 보이는 사람들, 그래서 고된 육체노동을 할 수 없게 된 사람들을 '회교도'라고 한다네. 조만간에, 아니 대개는 아주 빠른 시간 안에 회교도들은 가스실로 보내지지.

그러니까 늘 면도를 하고 똑바로 서서 걸어야 한다는 사실을 명심하게. 그러면 더 이상 가스실을 두려워할 필요가 없어."

수용소에서 자신을 놓아버린 사람들은 곧 가스실로 보내졌다. 빅터 프랭클은 하루도 거르지 않고 면도를 했고 건강해 보일 수 있어서 가스실 행을 면했다.

하지만 육체적으로 강하기만 한 사람이 반드시 살아남는 것은 아니었다. 그는 강인한 정신력과 인간의 의지가 얼마나 중요한지 깨닫게 되고, 이를 바탕으로 로고 테라피라는 이론을 세웠다.

음식을 조절하고 귀찮음을 무릅쓰며 '나'를 데리고 운동을 가는 것은 쉽지 않은 일이다. 하지만 꾸준히 하다 보면 습관이 된다. 루틴이 된다.

루틴의 어원은 'route'와 '-ine'가 접미한 합성어다. 루트는 라틴어 'rupta(돌파하다, 깨지다)'에서 유래했다. 고질적인 과거의 안 좋은 습관을 파괴해 새로운 'routine'을 만들어야 한다.

빅터 프랭클은

"내가 나를 제어하지 못하는 순간, 비만환자가 의사의 제어를 받듯, 결국 나도 누군가의 제어를 받게 됩니다."
라며 나를 바로 잡아 정신력을 기를 것을 당부했다.

내 몸을 제어할 수 있다면 무엇이든 가능하다. 과거의 고질적인 습관을 파괴해서 새로운 루틴을 만들자. 그 루틴을 평생 습관이 되게 하자.

나의 꿈에 발을 달아 준 운동

　내가 이 책을 쓰려고 마음을 먹기 시작한 것은 좌충우돌 다이어트를 한 사람으로서 누군가에게 동기부여를 강하게 주고 싶어서였다. 일단 글을 쓰려고 마음 먹으면서 내 나름의 목차와 키워드 등을 노트나 스마트폰 또는 아이디어가 떠오르는대로 적어 놓고 틈틈이 누비이불을 만들 듯 조각보를 이어나갔다.

　글을 쓴다는 것은 쉽지 않은 일이다. 말은 술술 나와도 글, 특히 일기장이나 블로그에 편안하게 나만 보면 되는 글이 아닌 대중을 대상으로 글을 쓴다는 것은 정장을 입고 면접관 앞에서 평가를 받는 것 같다. 글을 쓰는 것도 쉽지 않은데 아이디어가 떠오르지 않을 때는 출구 없는 방안에 갇힌 심정이다.

　　이 책의 내용과 문장들은 운동을 하면서 쏟아져 나왔다. 특히 유산소 운동을 할 때 많이 나왔다. 가만 있으면 머리도 멈췄고 달리면 샘솟았다. 마치 도깨비 방망이를 두드리면 금은보화가 나오듯이 말이다.

　　근력 운동을 할 때에는 아이디어나 문장이 나온 적이 드물었다. 몸의 근육이 갈기갈기 찢기고 운동하는 부위에 집중되니까 그런 것 같다. 부상을 염려해 긴장하며 바벨과 덤벨을 들기 때문이기도 했다. 그런데 근력 운동에 비해 단순 달리기는 그보다는 부담이 덜했다.

　　달릴 때 내 발이 앞으로 나가면서 진취적인 기분이 들고 덩달아 새로운 생각과 깨달음도 나왔다.

　　'아하' 모먼트!

　　'이 소주제에 첫 문장 이후로 진전이 안 되었는데, 이 이야기를 넣으면 되겠구나'

　　'아, 옛날에 이 스토리를 해준 사람과의 에피소드가 있었지. 그걸 쓰자.'

　　그래서 그 아이디어가 날아가 버릴까봐 달리는 중간 멈추고 핸드폰 메모장에 입력한 적이 많았다.

　　반면에 운동을 하지 않고 있을 때는 아이디어가 잘 떠오르지도 않았을 뿐더러 부정적인 생각까지 들었다.

'이거 써서 뭐해. 혼자 헛짓하는 거 아닌가?'

'그 많은 다이어트, 운동 책 중에서 내 책이 설 자리가 있을까?'

그러다 운동을 하면

'헛짓인지 아닌지는 미리 고민하지 말고 그냥 일단은 쓰자. 해보지도 않고 후회하는 것보다 해보기라도 하는 거지, 인생 별 거 있나.'

그래서 운동을 이용해 버리기로 했다. 부정적인 생각이 들고 아이디어가 안 떠오르면 나가서 달렸다. 러닝머신에서도 달리고 집에 있는 가정용 스피닝에도 올라탔다. 공원에서도 달렸다.

'아~ 무슨 문장으로 시작하지? 모르겠다. 그냥 운동화 신고 나가서 달리자.'

세계적인 베스트셀러 작가인 무라카미 하루키는 《달리기를 말할 때 내가 하고 싶은 이야기》에서 매일 달리기를 한다고 했다. 그것도 하루 평균 10km를.

《해변의 카프카》를 쓸 때 매일 달리기를 했다고 하는데, 마음을 비우고 달리다 보면 갑자기 무엇인가 '기어나온다'고 한다. 집필을 할 때 도움이 되는 아이디어를 '기어나온다'고 표현했다.

철학자 니체는 작품을 쓸 때 험한 길을 산책했다. 《차라투스트라는 이렇게 말했다》에 대한 첫 발상은 산책을 하며 나온 것이라고 한다.

수많은 과학자, 작가, 화가, 사업가들은 창작을 할 때 산책과 운동을 이용했다. 내가 경험해 보지 못했다면 뭔 소리인가 싶었을 텐데 직접 경험해 보니 알 수 있었다.

이상하리만치 걷기 운동, 특히 빠른 템포로 달릴 때 자신감이 높아지고 뭐든 할 수 있을 것만 같았다. 신기했다. 이유도 궁금했다.

어느 날 한 책을 읽다가 소름이 끼쳤다. 그것은 나의 주관적인 느낌이 아니었다.

스탠포드 대학교에서 〈'아이디어에 발을 달아주자: 걷다가 창의적 사고에 미치는 긍정적 영향 / give your ideas some legs: the positive effect of walking on creative thinking〉이라는 제목으로 176명의 참가자를 실험에 참가시켰다.

걸으며 검사 받은 사람의 성적은 걷지 않은 사람보다 평균 60% 정도 더 좋았고, 새로운 아이디어를 내는 능력에 더 좋은 성적을 받았다.

장소는 중요하지 않았다. 대학 내 야외든 실내 러닝머신이든 걸은 사람 모두 창의성이 좋아졌다. 그런데 창의성을 북돋을 방법은 사실 걷기보다 달리기나 그와 유사한 강도의 격렬한 운동을 추천한다고 한다.

적어도 20~30분을 달려야 효과적이다. 유의할 점은 탈진할 때까지 달리면 오히려 창의성은 감소된다는 것이다. 이렇게 책에서 '아하 모먼트'를 발견했다. 책만 읽고 몸은 움직이지 않는 바보였다면 다가오지 않을 내용이었다. 몸으로 먼저 경험한 것을 책에서 만나니 희열이 느껴졌다.

혹시 막히는 무언가가 있다면 달려 보자.

답답한 상황에서 돌파구를 찾고 싶다면 운동화를 신고 달려 보기를!

Chapter 5

코로나19 확찐자 홈트

밴드스쿼트

① 양발을 어깨너비로 벌려준다.

② 복부에 힘을 주고 가슴이 굽혀지지 않도록 한다.

③ 엉덩이 전체로 힘을 받아 일어난다.

Tip 발이 흔들리지 않도록 중심을 잘 잡고 엉덩이근육 전체에

힘이 들어가게 집중한다.

밴드 클램 쉘

① 무릎을 접어 발꿈치-엉덩이-등이 일직선에 되도록 하고, 양
  발꿈치끼리 맞닿게 한다.

② 위쪽 무릎을 천장 쪽으로 밀듯이 들어올린다.

③ 힙을 밴드에 대항하여 벌려준다.

Tip 골반이 뒤로 빠지지 않도록 복부에 힘을 주고 실시한다.

스탠딩 사이드 레그 레이즈

① 한 손으로 의자를 지지하고 똑바로 선다.

② 코어에 힘을 준 상태를 유지한다.

③ 한 다리를 밴드저항을 느끼며 들어올린다.

Tip 다리를 내릴 때 바닥까지 내리지 말아야 근육의 긴장이 유

　　 지된다.

밴드 덩키 킥

① 양 팔꿈치와 무릎을 바닥에 대고 엎드린다.

② 한쪽 다리를 뒤쪽으로 뻗어 들어올린다.

③ 엉덩이에 자극이 가도록 집중하여 최대한 뻗는다.

Tip 다리를 들어올리는 동안에 허리가 과신전되지 않도록 복부의
긴장을 유지한다. 발바닥에 하늘을 향하도록 밀어올린다.

데드리프트

① 케틀벨을 들고 양발 사이에 발 하나가 들어갈 정도로 좁게
   선다.

② 어깨가 굽지 않도록 시선을 앞쪽에 두고 가슴을 내민다.

③ 등의 각도가 지면과 수평에 가까워질 때까지 상체를 숙인다.
   시선은 45도 앞을 바라본다.

④ 대퇴이두근의 힘을 이용하여 상체를 일으킨다.

Tip 허리는 곧게 펴고 가슴을 앞으로 내밀어야 바른 자세가 유
   지된다.

브리지

① 천장을 바라보고 누워서 양팔은 펴서 손바닥을 바닥에 대고
　무릎을 세운다.

② 숨을 내쉬면서 골반을 위로 들어 올린다. 엉덩이에 긴장감 느
　끼면서 1~2초간 정지한다.

③ 숨을 들이마시면서 골반을 바닥으로 내린다.

Tip 허리는 곧게 펴고 엉덩이의 긴장을 풀지 않아야 한다. 다리
　　의 힘이 아니라 엉덩이의 힘으로 들어올린다는 느낌으로 실
　　시한다.

에필로그

　요즈음은 아이들이 밤 늦게까지 깨어있습니다. 코로나19 때문에 전처럼 매일 등교를 하지 않기에 아이들은 아이들대로 무기력하고 엄마들도 힘든 요즘입니다.

　어렵게 아이들을 재우고 이렇게 책의 마지막 장을 방 안에서 쓰고 있습니다. 인생은 계획대로 흘러가지 않음을 또 한 번 깨닫습니다. 여러 계획이 있었지만 주도적으로 추진할 수 없는 현실에 무력감이 종종 찾아왔습니다.

　여행가기, 아이들 학교 가기, 카페 가기 등은 이제는 소망이 되어 버렸습니다. 다 떠나서 마스크만 벗어도 좋을 것만 같은, 코로나 이전의 일상이 그리운 요즘입니다.

epilogue

제 첫 책의 대부분은 카페에서 썼으나, 이 책은 집에서 썼습니다. 아이들을 재우고 나면 방은 집필실로 변했습니다. 다리가 흔들거리는 못쓰는 밥상을 펼쳐놓고 불빛이 새어나올까 봐 스탠드도 하나 두고 향초를 피워 분위기를 돋은 후 진한 커피 한잔과 함께 글을 쓰는 새벽은 저에게 작은 힐링이었습니다.

물론 코로나19가 장기화되면서 불안하고 마음이 가라앉는 날도 더러 있었지만, 운동할 때 식단과 운동법보다 중요한 것은 지속적으로 마음을 다 잡을 수 있는 '멘탈싸움'이라는 것을 온 몸으로 체화했기에 멘탈을 잡아가며 한 줄 한 줄 써 내려갔습니다. 그러면서 옥중에서 글을 쓴 많은 작가들을 떠올려보기도 했습니다.

고전문헌학자 배철현 씨는 코로나19로 인한 '사회적 거리두기'는 반강제적인 '수용소'이지만, 자신을 응시하고 자신의 고유한 역할을 발견하려는 사람에게는 자기혁신을 위한 최적의 '정원'이라고 이야기합니다.

지금 우리 모두는 수용소 생활을 하고 있습니다. '이 수용소에서 시간을 어떻게 보낼 것인가? 처절하게 보내야 할지 아니면 자기혁신의 꽃을 피울 수 있는 정원을 가꾸는 주체가 되어야 할지'는 온전히 나 자신에게 달렸다고 생각했습니다.

epilogue

다행인 것은 이 수용소는 아우슈비츠 수용소처럼 인간 이하의 육체적 학대를 받아가며 혹독한 노동을 하는 곳이 아니라는 것입니다. 인터넷으로 생필품, 옷, 음식 등 웬만한 것은 대부분 조달할 수 있으니 얼마나 감사한지요.

세네카는 《인생론》에서 "언제든 좌절감을 주는 현실이 닥칠 수 있다. 마음먹은 대로 현실을 자유로이 만들어 갈 수 있는 상황과 변화 불가능한 현실을 평온한 마음으로 받아들이려 하는 상황을 구분하는 것이 지혜다."라고 말했습니다.

힘든 시기이지만 어쩔 수 없는 상황이라면 마음만이라도 바꿔야 합니다. 행과 불행은 결국 생각하기 나름이고 조금만 비틀어 생각하면 그 위치도 바뀌게 되는 것 같습니다.

그래서 생각을 조금 비틀었습니다. 저는 이 시기를 '옥중 책 쓰기 타임'이라고 생각하기로 했습니다. 시공간은 중요하지 않습니다. 오직 의지만이 나를 지탱해줍니다.

그리고 이렇게 또 한 권의 책을 세상에 내놓게 되었습니다. 어수선한 시기라 조심스러운 마음이지만 이 한 권의 책이 누군가에게는 동기를 부여하고 건강한 삶, 운동의 맛을 느끼게 해준다면 그것으로 족할 것 같습니다.

이번 제 책은 에세이 형식의 자기계발서라고 생각합니다. 소설은 결말이 나와있지만 자기계발서의 결말은 독자가 지어야 합니다.

저는 올해 이 책을 썼습니다. 그리고 제 꿈 리스트에서 빨간 펜으로 목표달성의 의미로 줄을 그을 것입니다.

자, 이제 여러분이 빨간펜을 들어 지울 차례입니다. 여러분이 이루고 싶은 것은 무엇인가요? 오랫동안 미뤄두고 이러지도 저러지도 않고 있는 것들이 있나요?

또는 건강을 위한 탄탄한 몸 만들기가 있나요? 그렇다면 결말을 만들어보세요.

여러분은 각자 인생의 작가입니다.

여러분의 꿈을 응원하며 2021.8.

I love Serendipity